世界文學4

地下室手記

Notes from Underground

杜斯妥也夫斯基◇著
Fyodor Dostoyevsky

孟祥森◇譯

杜斯妥也夫斯基的生平和著作

杜斯妥也夫斯基的《罪與罰》、《白癡》、《附魔者》和《卡拉馬助夫兄弟們》都是以藝術為媒介，傳達生活的智慧與靈魂的熱情，使他成為世界上最偉大的小說家之一。

早年生活與初期文學活動

費奧多・米開洛維奇・杜斯妥也夫斯基（Fyodor Mikhaylovich Dostoyevsky），一八二一年十一月十一日生於莫斯科。他的父親是一個退休的陸軍外科醫生，嚴厲，在家庭的事務中非常專斷。多年以後，杜斯妥也夫斯基回想到他不安全的、中產階級的家庭時，曾說他自己是一個「知識的無產階級」。他的文學背景跟當時的兩個對手伊凡・屠格涅夫和里奧・托爾斯泰很不一樣，因為後兩者都出身有文化教養的貴族家庭。杜斯妥也夫斯基在莫斯科接受早期教育，十六歲進入聖彼得堡的兵工學校。只要他能從訓練和防禦工事學科中偷取時間，他就用來閱讀俄國和歐洲文學作品，尤其是情節生動的小說。這影響到他作品的結構，增加了他小說中對暴力和罪行情節的喜好與運用。關於這段成形的年代，我們所知甚少，但似乎在晚上喜歡跟軍校的同學一起外出，享受美食美酒、有趣的談話、音樂、情節劇（Melodrama）和跟女孩子為伴。同時他也是一個熱烈的作夢專家，夢想名利、自我犧牲偉大的行為和理想的友情。

畢業以後不久，杜斯妥也夫斯基就大膽地辭去了他的職務，而以全部時間寫作。他的經濟非常艱困——母親已死，而父親被佃農所殺，留下財產甚少。然而那時他已完成了短篇小說〈窮人〉（一八四六年）的稿本，帶著疑慮的心境，任由一個年輕朋友把稿本交給當時著名的文學批評家維薩里安・貝林斯基（Vissarion Belinsky）。多年以後杜斯妥也夫斯基回憶他當時經歷的狂喜——貝林斯基召見他，稱讚他藝術的本能，認為他揭露了主角隱藏的天性，「真理向你顯露出來，宣布你是一個藝術家，這是一種秉賦，請珍惜這個秉賦，你將成為偉大的作家！」

〈窮人〉不能算是重要的作品，因為有生手作家的技術缺點，但貝林斯基的讚譽卻是預言性的。他在這部作品中看出了俄國第一部社會小說，因為這本書的主角是一個貧窮的、上了年紀的小職員，他無望地追求人的尊重，愛著一個孤女，而又不敢表達，只用一種多愁善感、像父親般的關懷委婉地表示出來。在這本書中對於窮苦而戀愛的人，那種悲劇性的無望作了非凡的洞察，表露了當時的社會對可憐的人物的殘酷影響。杜斯妥也夫斯基對於這個題材的描繪使讀者產生熱烈的反應。因為他在小說中加上了一個新的向度——那就是從主角的內在來呈現他心裡的衝突。在一封他給哥哥麥可海爾的信中，杜斯妥也夫斯基說他的方法是這樣的：「我用分析的方法，而不用綜合的方法，這就是說我投入深淵，分析每一個原子，結果見到了整體。」事實上，他已經開始了他自己那俄羅斯寫實主義小說的派別。

這本書使他在文學界得到了很大的聲望，被人認為是傑出的人物。然而他在文學圈和社交圈中卻沒有留下那麼動人的印象。杜斯妥也夫斯基個子矮，眼睛小，眼球灰色，金髮，面帶病容，嘴唇神經質地抽動，動作拙笨，在這類的社交場合中頗為不適。他又投向寫作之中，不久就寫出了短篇小說〈雙重人格〉（一八四六年），這本書使讀者感到倦煩，也失去了貝林斯基的支持。然而，這篇故事雖然不如〈窮人〉那般寫實，對於人格的分裂卻有敏銳的察覺，從他日後小說的發展來說，具有重要的意義。

從一八四六年至一八四九年，他陸續出版了一系列的小品、短篇故事和另一篇短篇小說。但都沒有引起注意。一八四九年他計畫寫一部長篇小說《奈托齊卡・奈姿凡諾娃》（*Netochka Nezvanova*），以一個年輕女孩為主角——她愛戀著她任性的繼父。這篇故事把他日後作品中反覆出現的觀念、意象和設計都作了初步的呈現。這部小說本來可以挽回他的名譽，但他只寫了三篇插曲出版，就被政府認為造反而遭逮捕，結束了這篇小說的寫作，也結束了他第一段文學時期。

這些早期寫作的故事反應了聖彼得堡對他文學的影響，以及他對聖彼得堡的觀察。不過除此之外，關於心理上的、精神上的自我考察也放進了他對角色的思想與情感的熾烈分析中。這一段時期雖然短暫，卻表露了他日後創作的主要方向。

流放西伯利亞

沙皇尼古拉一世的高壓統治，在俄國釀成了政治與社會改革運動，杜斯妥也夫斯基被這種運動所蠱惑，參加了每星期一次在理想主義者麥可海爾・彼屈雪夫斯基家中舉行的討論會，討論法國烏托邦社會主義者的觀念。另外有證據顯示他也參加了一小撮人的祕密聚會，想要印刷非法的激進小冊子。當時的政府懼怕西歐革命潮流的感染，下令在一八四九年四月逮捕彼屈雪夫斯基一夥人。經過長期調查之後，其中三十一個──包括杜斯妥也夫斯基──被判槍決。在沙皇減刑的命令下達以前，對於死刑的恐怖準備，日後在杜斯妥也夫斯基的小說中常常出現。他的刑罰改為在西伯利亞的歐姆斯克監獄中服四年勞役，再在軍隊中服役四年。

杜斯妥也夫斯基接受他的懲罰，認為是他嚴重的罪惡必須付出的補贖。他在鎖鍊、臭氣與勞役的負荷中所認識的許多單純的囚犯，他都認為是「傑出的人物」；但精神的苦惱不時淹沒他；他最早的羊癲瘋，他也認為是從那個時侯開始，而此後許多年都經常發作。監獄中唯一可以閱讀的書籍便是《新約》，他便常常手不離卷。這本書和緩了監獄中的苦痛，使他對於基督產生了新的信仰，認為只有基督可以把罪人提升，使謙卑的心靈可以獲得新生。他監獄中的經驗對於他日後的寫作與思想有重要的影響。年輕時的激進主義讓位給對既定秩序的尊敬；他開始信仰普通人民的贖世使命；基督的教訓——經過痛苦而獲得拯救——以及俄羅斯東正教的精神，對他具有了更深的意義，而監獄的生活也為他提供豐富的資料，有助於日後進一步研究《被侮辱與被損害者》。

一八五四年他從監獄出來，卻發現他充軍的西伯利亞小鎮塞米帕拉丁斯基比監獄更令人厭惡。他辛苦盡責，最後升為低級軍官，結交了少數幾個朋友，一再請求他哥哥為他寄書籍與雜誌，以彌補他在閱讀方面巨大的鴻溝。這段時期唯一產生結果的事情，便是一八五七年他跟一個害肺病而又有一個兒子的寡婦結婚，這段婚姻最後證明為不幸。由於經濟負擔日重，他重新寫作的願望便越來越強，同時希望在被迫沉默這麼多年以後重新奠定他在文學界的地位。然而從監獄出來以後，他第一部作品卻不是監獄中計畫的部分，而是一篇喜劇性的短篇故事──〈叔叔的夢〉（一八五九年）。是一篇諷刺性的、娛樂性的作品，風格類似俄羅斯早期小說家果戈里，描寫西伯利亞小鎮的虛情假意的社會，背景跟塞米帕拉丁斯基這個小鎮顯然有關。不久以後又出了〈世交〉（一八五九年）。這篇短篇小說比〈叔叔的夢〉有內容得多，主角是奧皮斯金，也是一個雙重人格的人。由於對這個主角心理的生動捕捉，這本書得以免於貧乏。然而這兩部作品都沒有引起評論家的注意。不久以後，杜斯妥也夫斯基就獲准返回他心愛的聖彼得堡，成為一個自由人，這時距他帶著鎖鍊離開已經十年。

文學地位的重建

俄國首都的激進分子極切地想要把杜斯妥也夫斯基認作是政治犯而加以歡迎與推崇，但他摒棄他們和他們的觀念，尤其是他們對於宗教的嘲弄。杜斯妥也夫斯基同情新皇帝亞歷山大二世所鼓吹的社會改革。一八六O年他的第一部作品集出版，次年，跟他的哥哥合辦《時代》（*Vremya*〔*Time*〕）。這本雜誌公開表明立場，要把俄羅斯當時知識界的意識形態加以調合──一方面是西化派，另一方面則是崇俄派。他敦促這兩個集團要跟群眾結合，以便挽救俄國民族。他在報紙和小說上鼓吹這個立場，而使《時代》雜誌獲得了相當的聲譽。觀念相同的老朋友和新朋友——諸如：詩人阿波龍・麥訶夫（Apollon Maykov）和評論家阿波龍・葛里高也夫（Apollon Grigoryev）與尼古拉・史屈拉可夫（Nikolay Strakov），多圍繞著他和《時代》雜誌，而對他未來的政治社會與藝術的觀點都有相當的影響。

《死屋手記》（一八六一－一八六二年）恢復了杜斯妥也夫斯基早年的文學聲譽，由於在《時代》雜誌上發表，也增加了這個雜誌的銷路。屠格涅夫稱讚這本作品，托爾斯泰則認為它是杜斯妥也夫斯基的最佳著作。這本書是以一個殺妻囚犯回憶錄的形式寫出，事實上，卻是杜斯妥也夫斯基監獄生活的生動記載。為了追求客觀性，他描寫獄中的生活情況，用動人的情節表現出這些被人類所遺棄的特異分子，在失去自由以後是如何痛苦。大約在這個時期，他也在《時代》雜誌上連載他的小說《被侮辱與被損害者》，這個故事的主角是一個女人，她違抗家庭與習俗的壓力，而把她的愛情給予一個她願意給與的男人。這本書激怒了評論家，卻取悅了讀者，其中有幾個角色成為後來的許多更動人角色的先驅，例如女主角納塔莎（這是杜斯妥也夫斯基對愛恨交集的女性首次充分的描繪）、小耐莉（這個角色表現出杜斯妥也夫斯基對兒童心理的深刻了解），和任性的惡棍瓦可夫斯基。

一八六二年夏季，《時代》的收入使杜斯妥也夫斯基得以實現一個舊夢——第一次出國，這一次的國外旅行使他寫成〈夏日印象冬日記〉（一八六三年），在《時代》雜誌上發表。在這篇文章中，他宣布歐洲文化的邪惡，使他更加相信俄羅斯文化崇高的使命——設若俄羅斯能夠逃避西方的荼毒。然而就在這一年，政府禁了《時代》雜誌，因為史屈拉可夫在上面寫了一篇文章，被政府當局認為違背國家的利益。在這個危險的情況下，杜斯妥也夫斯基借款再度出國，表面說去治療他的癲癇症，事實上卻是要在德國的威斯巴登的賭桌上一試命運，並且跟波林娜・蘇絲洛娃見面——蘇絲洛娃是《時代》雜誌的年輕投稿者，跟杜斯妥也夫斯基已經相當親密。但杜斯妥也夫斯基在賭桌上與愛情上都十分不順。可是他跟這個奇怪的愛恨交纏的女人繼續交往的經驗，卻融進了他小說中「地獄女人」這種人物造型中。

返回俄羅斯之後，一筆小小的遺產使杜斯妥也夫斯基和他的哥哥得以重新創辦一份新雜誌《紀元》（*Epokha*〔*Epoch*〕），這本雜誌創刊號中就出現了他傑出的《地下室手記》（一八六四年）中的第一篇。《地下室手記》雖然有一部分在諷刺激進派的社會主義者，認為人並不受合乎理性的利益所左右，但這個無名的角色卻是一個深沉的自我分析者，他是一個跟眾人隔離而又極其敏銳的人。在他來說，真理沒有絕對的，一切的善都是相對的；這個人的二元論是由意志和理性之間基本的衝突所造成的。這本書在杜斯妥也夫斯基的著作中是一個轉捩點，他強調主角的自我省察，焦點集中在這個跟社會脫臼的主角的精神生活上，而這個人的生活背景卻是寫實的，是一般人可以接受的世界。在本質上，《地下室手記》是一篇哲學性的導論，預示了此後偉大的連篇小說的主旨，因為後來這些偉大的小說中所有的道德、宗教、政治和社會觀念的主題，都在這篇作品中出現。

偉大的小說時期

一八六四和一八六五年之間，在杜斯妥也夫斯基被種種不幸所翻騰——他的太太和哥哥去世，債臺高築的雜誌垮臺，為了避免因負債而坐牢，他從一個信疑參半的出版公司那裡，預支了一本小說的稿費逃到國外；在國外他的希望還是落在賭博上（這時他對賭博已經非常熱中）。或許心裡存著結婚的打算——他在聖彼得堡曾經有過幾次不成功的戀愛——他再次安排跟波林娜・蘇絲洛娃見面。可是在威斯巴登他被蘇絲洛娃所棄，在賭盤上又輸掉了他所有的錢財，落到典當衣服的地步。他向朋友借錢以償付旅館費用，返回俄羅斯。他給一個期刊編輯寫信，請求預支另一本小說的稿費，說這本小說叫做《罪與罰》。錢最後終於寄到，杜斯妥也夫斯基於一八六五年十月返回俄羅斯。

《罪與罰》（一八六六年）的概念可能在杜斯妥也夫斯基服刑的時期即已醞釀，從他的筆記本中可以看出他是如何關懷這本著作的藝術細節（這一類的筆記本不僅是《罪與罰》才有，日後的小說每一本都有這樣的筆記，從其中我們可以看出杜斯妥也夫斯基的創作方法）。就某一部分來說，這本作品是一部社會小說，其中以金錢為基本問題。跟這個主題有關的是激進派青年們的唯物論思想，《罪與罰》的主角——貧窮的拉斯可尼訶夫，便是這樣一個人物。拉斯可尼訶夫是一個虛無主義者，在智性上反叛當時的社會，他在善與惡之間掙扎，而理性取代了生活的歷程；他想出了一套可怕的理論，認為人道的目的可以使邪惡的手段合理，而這種理論最後導致他殺人。在監獄中，他智性的傲慢消退，而認識到幸福絕不能由理性的生活計畫達成，而必須通過受苦才能換得。這本書中的次要角色如拉斯可尼訶夫的太太，馬米拉杜夫，妓女蘇妮亞，以及斯維屈哥洛夫，都描寫得非常生動。這本書除了殺人的神祕緊張情節之外，還融入了哲學的、宗教的和社會的思想，因此為這本小說提供了一個新的向度。評論家與讀者立刻被這本小說吸引，因為它情節纖細，布局緊湊而散發著精神的光芒，照徹了罪犯與道德卑下者最深沉的黑暗角落。

在《罪與罰》沒有寫完以前，杜斯妥也夫斯基想起了他跟一家出版公司簽定的合約，如果在一個月內不能履行合約規定交出一本小說稿，他將會遭受嚴重的經濟損失。他便雇了一個年輕的速記員安娜・斯尼肯納，口述一部短篇小說，按時交稿。這便是一八六六年的《賭徒》。這是一篇不很傑出的作品，但其中有些非常引人的情節，由他對賭博和跟蘇絲洛娃愛恨交加的情感所促成。第二年他跟這個速記員結婚，為了逃債，兩人同往外國，住了四年。他們常常生活在卑微貧窮的情況下，從一個鄉村搬往另一個鄉村，他年輕的妻子忍受這一切，以及他癲癇的發作，經常的賭博，和他們第一個孩子的悲慘去世；而對他情感的真摯和對他天才的信心從未稍減。這第二次的結婚是真正的愛情，也是杜斯妥也夫斯基一生最為幸運的事情。

從這種艱困的環境中卻產生了杜斯妥也夫斯基第二部傑作《白癡》（一八六八——一八六九年）。這部小說是由俄羅斯報紙一篇刑法審判的記錄引起，像這一類的事件杜斯妥也夫斯基稱之為「不可置信的事實」；然而，他雖運用了這個題材，卻從外在世界轉往內在心靈的世界。杜斯妥也夫斯基雖然關懷俄羅斯一般人民的問題，他卻把他們提升到具有普遍意義的階段，因為他要在「人中找人」。他在筆記本上這樣寫道：「他們說我是心理學家。這是不正確的，我只是更高意義的寫實主義者；這就是說，我把人的靈魂中一切深沉的東西描寫出來。」關於《白癡》的主要觀念，他寫給他的姪女這樣說：「是要描述一個真正美麗的人（在德性的意義上）……世界上真正美麗的人只有一個──基督。」但人性的弱點卻使《白癡》的主角米西肯純粹的德性受到困擾，捲入了耶潘泰和伊佛京家族的糾紛，跟路格辛糾纏在一起，還有兩個爭取他愛情的女人愛葛拉與納塔莎；這些角色沉淪於肉欲、貪婪與罪惡中，對米西肯的道德情懷構成嚴厲的考驗。雖然他的信仰和光輝的人格把這些人都吸引到他身邊，然而他的服務、悲憫和兄弟愛的教訓卻未能向他們傳遞成功；他的經歷象徵著基督在法利賽人之間的遭遇。最後那些被他的善良所感動的罪人卻遭致不幸，而他自己也慢慢淪為白癡。

在預支了另一本小說的稿費，花完卻一字未寫之後，杜斯妥也夫斯基從一個新的出版公司那裡接受了一筆現款，來寫一篇短篇故事，但後來演變為一篇短篇小說，就是一八七O年出版的〈永恆的丈夫〉，故事的主要情節是說一個被出賣的丈夫如何向誘惑他妻子的人尋仇。由於微妙的心理描述，這本書有相當可取之處，但在作者的創造藝術上並沒有特殊的進展。這時他的思想集中到一個巨大的計畫上，那就是要寫一系列的小說，名叫【大罪人的一生】（The Life of a Great Sinner）要有五本之多，關於這套小說的筆記現在還保存下來。這套小說的主角對於神和人犯下極大的罪惡，而在精神的歷程中最後終於得救。這套小說雖然一直沒有寫出，但從它的大綱中，杜斯妥也夫斯基卻借取了一些觀念、情節和角色，用在他最後三部小說中——其中第一部是《附魔者》，開始於一八六九年，完成於一八七二年。

《附魔者》的主要情節是由報紙的一篇新聞構成，那篇新聞說莫斯科的一個學生被他的革命同伴所殺，因為他們懷疑這個學生意圖出賣他們。杜斯妥也夫斯基在這部小說中借取了【大罪人的一生】中一些角色與情節，尤其是關於此書的中心人物斯塔夫洛金的某些方面更是如此。這本小說情節非常戲劇化，而革命黨徒在杜斯妥也夫斯基筆下則呈現出呆笨而卑鄙的面貌。他們意圖謀殺的對象，那已經改革了的沙托夫，則反映了杜斯妥也夫斯基對於革命的反對——杜斯妥也夫斯基對沙皇統治下的俄羅斯抱著希望，而這種希望又必須跟這個國家對於東正教的基督的信仰結合在一起。謎一般的斯塔夫洛金主宰了整部小說。他磁性的人格影響好玩的老自由主義分子斯提潘・威可芬斯基和他革命黨的兒子比歐特以及叛黨的極端分子沙托夫與基瑞洛夫，而且對書中幾個主要的女性角色——莉札薇塔，達莉雅和瑪利亞——也有極大的吸引力。然而這個主角由於失去了對高特的信仰，他本性的善良日漸衰退。他對小女孩的強姦就象徵了他向邪惡的投降。這本書雖然表現著杜斯妥也夫斯基教誨的用意，然而由於他強大的藝術力量，而使人不致感到這是一篇道德說教。杜斯妥也夫斯基對於感性因素和觀念因素的匯合，極少以如此巨大的藝術技巧來加以處理。

在《附魔者》尚未完成之前很久，杜斯妥也夫斯基就已患病，極端需要金錢，堅持說他無法在國外完成這部小說。出版家很擔心，寄錢給他，使他得以返回聖彼得堡。這本小說的成功再加上廣大的讀者對他以前的作品重起的熱潮，使杜斯妥也夫斯基成為社交場合爭取的重要人物。一八七三年，幾個著名的朋友為他求得保守派週刊《公民》（*Grazhdanin*〔*The Citizen*〕）的編輯職務。一年以後他就辭職了，因為他覺得這個工作太局限，而出版家又過於反動。在這個時期他能幹的妻子已經接掌了他著作的出版事務，使他們的經濟獲得相當的改善。一八七六年，杜斯妥也夫斯基把原先在《公民》週刊上連載的「一個作家的日記」又重新續寫，每月出版一欄。這個專欄繼續寫了一年多。另外在一八八Ｏ年和一八八一年略加了幾篇。這個專欄大部分都用來表達杜斯妥也夫斯基對當時的重要事件的看法，以及文學上的回憶與評論，有時候也包括一些小品文和短篇故事，其中〈溫柔的心〉（A Gentle Spirit）和〈一個荒唐者的夢〉（The Dream of a Ridiculous Man）是他短篇故事中最好的作品之一。此外他還用「一個作家的日記」來表達他對於社會、政治和宗教的問題廣泛的關懷與令人耳目一新的觀念。在他看來，新聞與文學是密切相關的，因為他認為藝術與現實互相交織，必須以日常生活的觀察為基礎。「日記」吸引了許多讀者，對於研究杜斯妥也夫斯基的生活、哲學和小說——尤其是他最後兩部小說——有重要的參考價值。

在「日記」中他描述了《少年》(一八七五)的主題——這是一個私生子阿卡狄·杜爾格魯基的告白,他敘述他在聖彼得堡的種種冒險故事,在這裡他想贏得他父親威喜洛夫的喜愛;這威喜洛夫是杜斯妥也夫斯基筆下的另一個雙重人格,也是杜斯妥也夫斯基心愛的觀念的發言人——譬如說俄國的獨特性與完美的世界性,歐洲知識分子站在毀滅的邊緣,因為他們抱著革命性的唯物論,以及對於基督的否定。在威喜洛夫恨愛交織的性格中,杜斯妥也夫斯基第一次把這個主題作了清楚的分辨;在他筆下的男女角色的心中所呈現的思想、情感與行為方面的分裂,杜斯妥也夫斯基通常從他自己的本性和別人的本性中的分裂加以觀察,因而才看出了他筆下的角色為什麼會有這樣的分裂現象。《少年》除了主要的情節以外還有次要的情節,而這些次要的情節對於主要的情節卻是一種羈絆。杜斯妥也夫斯基對這件事深有認識,他帶著失望的態度告訴他的太太說:「在《少年》中有四部小說。」一般來說這本小說的評價不如他其他的作品。

在杜斯妥也夫斯基開始寫作《卡拉馬助夫兄弟們》(一八七九至一八八〇年)的時候,他已經是一個舉國聞名的作家。重要的人物都在找尋機會跟他碰面。著名的編輯與作家恩·奈可拉索夫出殯的時候,他被邀請發表悼詞；科學院選他為文學方面的副院士；一八八〇年在詩人亞歷山大・普希金的紀念會上他發表了演說，當時傑出的聽眾頗為激動，因為他預言俄羅斯在世界上的使命。然而他最喜歡的還是在聖彼得堡不遠處一個安靜的小鎮斯卡拉雅、魯薩跟他的妻子和兩個兒子費奧多與琉布夫過著安靜的生活。在這裡，他嚴格遵守散步跟寫作的時間表，由他忠心的妻子為他做速記員。她用速記把杜斯妥也夫斯基口述的《卡拉馬助夫兄弟們》記錄下來──這是一部杜斯妥也夫斯基一生大部分時間都在為之做準備的著作。在這篇弒父的故事中，杜斯妥也夫斯把愛恨的掙扎用深刻的心靈與精神意涵交織起來；整部小說在堅持地追求高特。最小的弟弟阿萊奧沙，代表了基督教的理想，重視生活甚於生活的意義；德米特里愛生活卻無法掌握它的意義；伊凡對於生活意義的關懷比對生活本身更甚，他是這部小說中最吸引人的角色，也是杜斯妥也夫斯基心靈意象的表徵。伊凡的愛恨交織集中在人跟神的衝突上。他由叛逆的行為開始，而最終則對高特的世界產生背叛。伊凡心中無法擺脫那些「該死」的問題，而這些問題正是杜斯妥也夫斯基追求信仰的動力所在──這也就是罪與受苦的問題以及它們跟高特的存在之間的關係。伊凡對於高特的世界的擯斥在著名的「大宗教審判官」故事中做了戲劇性的呈現。而這些問題的答案卻在「曹西瑪長老」的教訓中提出──曹西瑪認為普遍的和諧不是由心智達成，而是由心靈、情感與信仰而獲得的。

杜斯妥也夫斯基打算在此後一系列的小說中用行動來說明曹西瑪的觀念；在這些小說中，阿利奧莎將是主角，然而在他完成《卡拉馬助夫兄弟們》以後不久，就去世於聖彼得堡，時為一八八一年二月九日。

在今天，杜斯妥也夫斯基是十九世紀小說家中讀者最多的一個，這或許是他用戲劇的手法，把道德、宗教和政治問題融入小說中使然，而對於第二次世界大戰及其以後的世代產生了激發作用。德國的哲學家與詩人尼采就曾經認為自己得益於他；有一位納粹以前的評論家，曾經說馬丁路德以後對德國精神文化影響最大的就是杜斯妥也夫斯基。二十世紀的法國小說家安德烈·馬洛（Andre Malraux）認為：杜斯妥也夫斯基對他那一代的法國文化史有巨大的影響；二十世紀的法國哲學家沙特認為杜斯妥也夫斯基封於理性暴政的詛咒，有助於他自己存在主義觀念的激發。據說列寧曾經就杜斯妥也夫斯基的小說表示道：「我沒有時間看這些廢物。」然而在俄國，杜斯妥也夫斯基的讀者為數極眾，著名的俄國小說也往往都受他的影響。如果一個作家的偉大在於他能否把他的意象影響他人，並改變讀者的體驗，那麼就可以說，杜斯妥也夫斯基筆下那些角色對二十世紀美國小說中許多角色的創造都有重大的影響。

地下室手記

本譯係依據Constance Garnett之英譯本。「……」符號並不表示原文之節略。

1.原作者注：這篇手記以及它的作者當然都是虛構的。不過，像這篇手記作者一類的人物，在我們的社會中不但可能存在，而且一定存在，這只要考慮一下當今社會賴以形成的環境就可看出。我的目的是想比一般更爲清楚的把目前的一個角色呈現在大眾之前。他是現在還活著的這一代的代表之一。在標題爲「地下室」的片斷裡，他介紹他自己及他的觀點，並且試圖解釋他何以會出現在我們之間，他何以必然會出現在我們之間。在下一個片斷裡，他又附加了一些生活中的實際事件。

2.英文大寫的God，一律音譯爲「高特」，因爲英文字的God這個字已經特指基督教系統中的「神」了，並不是泛指各宗教的神。

1

我是一個有病的人……我是一個心懷惡意的人。我是一個不漂亮的人。我相信我的肝臟有病，但是，關於我的病，我什麼都不知道，我不知道在我體內騷擾的究竟是什麼東西。我不請教醫生，絕不──儘管對於醫藥我有某種敬仰。再者，我極其迷信，非常迷信以致敬仰藥物（我受過良好教育不致迷信，但我還是迷信）。不──我拒絕請教醫生是出於惡意。這，或許是你不懂的。好，就讓你不懂。當然，我無法解釋這種惡意所傷害的究竟是誰：我十分了解，不去請教他們並不就是「懲罰」了他們；我也十分了解，這樣做除了自己之外，傷害不到任何人。但我仍舊由於惡意不去請教醫生。我的肝臟很壞──好，就讓它壞下去！

這樣子我已持續很久時間──二十年。現在我四十。我是一個心懷惡意的公務員。我顢頇，並以此自樂。你知道，我是不接受賄賂的，因此，至少我有權獲得補償。（蹩腳的笑話，嗯？但是我不塗掉它。我寫它的時候以為它很漂亮，不過現在我自己看得清楚，我只是要用一個卑鄙的方法把它炫耀出來，但是我故意不把它塗掉！）

當那些請願者到我桌子前面，我習慣對他們咬牙，當我使得那些人因此不愉快，就感到強烈的樂趣。我幾乎每次都成功。因為他們絕大多數都是服服貼貼的可憐蟲──

當然，他們是請願者。但也有一批傢伙頑劣不馴。特別有一個軍官我無法忍受；他不肯低頭，並用一種可惡的方式把劍搖得喀啦響。為了這支劍，我跟他為難了十八個月。最後我制服他，他不再搖劍。——不過，這件事是發生在我年輕的時候。

但是，先生，你知不知道我惡意的癥結在什麼地方？好，整個的癥結，真正的毒針所在的地方，是我不斷地，即使在真正發怒的時候，內在裡仍然羞恥地感覺到我根本不是一個惡意的人，甚至連刻薄都夠不上，我只不過是隨便嚇唬嚇唬麻雀，並以此自娛。我可以口沫橫飛，但送給我個洋娃娃，或者給我喝一杯加了糖的茶，就可以叫我消氣。我甚至會真正受了感動——雖然事後我會對自己咬牙，並且一個月以後還會羞憤得晚上睡不著覺。這就是我的惡意。

剛才當我說我是心懷惡意的公務員，我是在扯謊。我扯謊是由於惡意。我只是用那些請願者和那個軍官來取樂自己，事實上我無法使自己成為心懷惡意的人。每一刻我都十分清楚，在我心裡有許多因素與這個互相衝突。我感到它們在我心中嗡嗡作響——這些衝突的因素！我知道它們在我心中嗡嗡作響已經整整一生，它們要找一個出口，但我不讓它們，我不讓它們，我有意地不讓它們。它們折磨我，直到我感覺羞憤；它們驅使我，直到使我痙攣——折磨我，到最後，是何等折磨我！好啦，先生，現在你以為我表示某種懺悔了，以為我要要求你某種原諒啦；我可以確定你會以為如此……然而，我可以確定告訴你，我根本不管你以為什麼……。

我不僅不能變成惡意的人，我根本不知道如何變成任何一種東西……不懂如何惡意，不懂如何仁慈；不懂如何成為無賴，也不懂如何做老實人；不懂如何成為英雄，又不懂如何做個蟲豸。現在，我就在這個角落裡生活，以這種惡意的無用的自慰來嘲弄自己：一個聰明人絕不會一本正經地把自己弄成任何性質確定的東西，只有傻瓜才幹這種事。是的，在十九世紀做一個人，必須並且應當非常顯然地成為沒有個性的生物；一個有個性的人，一個性質確定的人顯然是受限制的東西。這是我四十年的信條。現在我四十歲，四十歲，你知道，是整整的一生；四十歲，已經老得不能再老。比四十歲活得更長，是顢頇的，卑鄙的，不道德的。活過四十歲的是些什麼人？回答我，要誠實。我可以告訴你：他們是蠢貨和臭皮囊。我對著所有的老年人講這個話，對著他們的臉──所有可敬的老人，頭髮銀白，可敬的老者！我對著全世界的臉講這個話！我有權這樣講，因為我自己要繼續活下去到六十歲。到七十歲！到八十歲！……好，讓我喘一口氣……

先生，你以為毫無疑問，我在逗你高興了，嗯？你又錯了。我不是你所想像的那種喜歡開玩笑的人。然而，這話或許刺惱了你們（我感到你被刺惱），你以為你很該問問我是誰——好，我告訴你，我是一個高級稅務員，我曾經在政府機關服務，為了有飯可吃（而且僅僅為有飯可吃）。去年當一個遠親在遺囑中留給我六千盧布，我立刻退休，然後蟄居在這個角落。以前我也住在這個角落，但現在我是蟄居。我的房子在城外，骯髒，可厭。我的傭人是個老婦，愚蠢而彆扭；再者，她總帶著一股臭味。有人說彼得堡的氣候對我有害，靠我微薄的遺產在彼得堡生活也過於浪費，這個我都知道，比所有這些聖人，所有這些閱歷豐富的勸告者都知道得清清楚楚……然而我留在彼得堡；我不離開彼得堡！我不離開，就因為這樣，我離不開，因為……就是這樣，我離不離開又有什麼關係？

但是，一個莊重的人要談什麼才最有趣？

你會說：談他自己。

好，我就談自己。

2

先生，我要告訴你——不管你喜不喜歡聽——為什麼我不能變成一個蟲豸。我可以莊重地告訴你，曾有許多次我確實想變成一個蟲豸。但連蟲豸我也不配。先生，我可以發誓，太多意識也是一種病——一種真正的徹頭徹尾的病。為了日常生活，通常的意識已經足夠。這就是說，不快樂的十九世紀——又特別是不快樂的彼得堡，這個最最理論、最最虛偽的城市（城市也有虛偽的，不虛偽的）——有教養的人身上那種意識，我們只需要二分之一或四分之一就已足夠。譬如說，像一個直筒子或實行家。我打賭，你一定以為我說這種話完全是矯作，明明是一個實行家卻想裝成聰明的樣子；再者，以為我的矯作已經變成了壞習慣，像那個軍官一樣，把劍搖得喀啦響。但是，先生，有誰為了自己的病驕傲，甚至炫耀它呢？

然而，每個人都如此；每個人都因自己的病覺得驕傲，而我，或許比任何人更甚。這不用爭辯，我的論點當然是荒謬的。然而，我仍舊相信，大部分意識——幾乎每一種意識——事實上都是疾病，我固執地認為如此。但是，讓我們把這個話也暫時擺在一邊。告訴我：為什麼在我最能夠感受一切精美的事物——如人們所說，每種「善與美」的事物——時，就正正在這個時候，似乎設計好的，我不但會感受最可惡的事情，甚至會做出最可惡的事情……諸如，好，諸如我所做過的一切，而這些事情，似乎有意的，發生在我明明知道不可讓它發生的時刻。我越是意識到善，以及一切「善與美」的事物，越是沉陷在我的泥淖中，並且準備完完全全投進去。而最糟的是這些事情之發生，對我並非偶然，而似乎是命定，似乎那是我最正常的狀態，根本不是疾病或墮落。因此，到最後，當我內心對墮落掙扎的欲望過去了，結果我幾乎相信（或許真正相信）它是我正常的狀態。但起初，一開始，這種掙扎給我的苦惱是何等嚴重！我不相信別人也是如此。我把這件事當作祕密，終生隱藏在心裡。這種事情使我羞恥（即使是現在或許我還在羞恥）：在某個可厭的彼得堡深夜，返回我角落裡的家中時，我感到一種祕密的、不正常的、卑鄙的快樂，強烈地意識到這一天我又做了一件可惡的事情，並且意識到已經做的永遠無法不做，內在裡祕密地為了這件事情啃噬又啃噬自己，撕裂腐蝕自己，直到最後這種辛辣轉變成一種可恥的令人咒詛的甜蜜，而最後——變成真真確確的享樂！是的，變成了享樂，變成了享樂！我堅認如此。我說這個話是因為我一直想知道別人是否也感到同樣的享樂。我可以解釋：這種享樂，正是來自對於自己的墮落之過度濃烈的意識，意識到自己已經推至極限，意識到它的可怕而又別無他途；沒有道路可供你逃脫；你永不能變成另一個人；即使有時間有信念去變成另一個人，你還是絕對不願意去變；或者如果你願意，你仍舊一步也不肯走；因為事實上或許沒有什麼好讓你去改變的。而最壞的，這一切壞的根源，在於它同銳利意識的基本常規相合，與這些規律直接而來的性格相合，而最後，一個人不僅是不能改變，甚至絕對沒事可做。於是跟著來的，成為銳利意識之後果的，是一個人並不因自己做了無賴而背負責任，似乎當他認清了自己確是一個無賴之後，他就得到了某種慰藉。噢，夠了……我已經說了一大堆無聊話，但是我解釋了什麼？在這種解釋之中又有什麼樂趣？但是我要解釋它。我要把它翻到底！這是為什麼我要把筆拿起來……。譬如說，我有很強的自尊心，多疑而易於觸怒，像駝子和侏儒一樣。然而，確實有某種時刻，當我被人家摑在臉上，我感到強烈的樂趣。我，很坦白地說，甚至在其中發現一種特殊的樂趣——當然，是一種絕望的樂趣；但是，絕望之中具有最濃烈的樂趣，特別是當一個人非常銳利地意識到處境的無望。當一個人被摑在臉上——那麼，為什麼當意識到自己被揉搓得一團糟的時候，不會極其興奮呢？而最壞的是，不管你從什麼觀點來看，結果仍然是每件事情都該歸罪於我。而最丟臉的，歸罪我的原因並不是由於我自己的錯誤，而是，就這樣說吧——是由於自然律。第一，我背負罪責，因為我比周遭任何人都聰明。（我常常覺得我比周遭任何人都聰明，而不管你信不信，有些時候我因之羞愧。無論如何，我整個一生，可以說，總是把眼睛轉開，從不敢直看他人的臉。）最後，我背負罪責，因為即使我內心寬宏，但它除了讓我掙扎痛苦之外沒有任何用處。我從不因寬宏而做任何事——也不饒恕他人的行為，因為摑打我的人之所以摑打我，或許正是出於自然律，然而，一個人對於自然律如何饒恕？再者，遺忘它也不可能，因為即使它出於自然律，卻無論如何仍是一種侮辱。最後，即使我絕不肯寬宏，即使我要報復都不可能。因為我無法為任何事情向任何人報復，因為我絕不可能下定決心做任何事情——即使我有能力去做。為什麼我不能下定決心？關於這一點我特別要說幾句話。

3

一般說來，那些懂得如何復仇，懂得如何保護自己的是什麼樣的人？我說他們是這種人：當他們被復仇的熱情附著了，在那個時刻心內心外就只有那分熱情，此外沒有其他。這種先生只是簡單單地向目標衝過去，像一頭憤怒的公牛，把角俯得低低，除了一堵牆之外，什麼也阻擋不了。（附說一句：這種先生——就是說，直筒子和實行家——這種先生，碰到一堵牆就束手無策。對他們而言，一堵牆並不是遁辭，不像我們這些只會想卻什麼都不做的人；對他們來說，牆並不是轉變方向的理由——而我們卻對這個理由十分歡迎，儘管一向我們都不肯自己承認。是的，他們確實束手無策。這堵牆對他們來說有某種鎮定力，有某種德性的安撫力，最後——或許成為某種神祕的東西……但關於牆，留著後面說。）

好吧！這樣一個直筒子我認為是真正的正常人，是他溫柔的母親——自然界——仁慈地把他生到地球上來所希望看到的樣子。我嫉妒這種人直到臉色發青。他是蠢貨。這個我並不想爭辯，但或許一個正常人必須是蠢貨，你怎麼能否認？事實上，做一個蠢貨或許是極美的事。更且，我越來越相信這個念頭——設如你認為它只是一個念頭——就是，如果你找一個正常人的對照品——就是說，一個有銳利意識的人，當然，他不是來自自然，而是來自蒸餾器

（這幾乎是胡說，但是，沒關係）——把他放在正常人的面前，這個蒸餾器造的人會變得如此狼狽，以致由於他一切誇張的意識，他確確實實以為他自己只是一個耗子而不是人。他可能是一隻有銳利意識的耗子，但是，他仍舊是耗子，而另一個卻是人。而最糟的是他自己，他原原本本的自己，把自己看做一隻耗子；沒有別人要求他如此；這是重點所在。現在讓我們看看這隻耗子如何行動。讓我們設想，譬如說，牠也覺得受到侮辱了（牠總是覺得受到侮辱），並且，也想復仇。在牠的心中甚至存著比L'homme de la nature et de la vérité ①更多的惡意。那種想把惡意發洩在敵人身上的卑下與骯髒的欲望，在它心中纏絞，或許甚至更要L'homme de la nature et de la vérité。因為後者通過他天生的愚蠢把他的復仇看做是純粹的正義；而這隻耗子卻由於銳利的意識，根本不相信自己的復仇之中有任何正義可言。除了那基本的骯髒之外，這隻不幸的耗子又圍繞著它創造許多髒骯問題與懷疑，把一個問題附加了許多未解決的問題，因而無可避免地圍繞著它搞出了一種要命的泡沫，臭不可聞的蘚苔，以及由那些直筒子和實行家啐在牠身上的輕視——這些人莊

① 「自然而眞實的人」；盧騷在《懺悔錄》（1781—1788）中如此自稱，這本書掀起極大騷動，因爲它主張吐露作者的全部眞情，有時並自我控訴。

嚴地站在牠身旁像法官與裁判者，嘲笑牠一直笑到痛了他們健康的肚皮。當然，留給牠唯一可做的事是用爪子揮一揮，把一切念頭驅散，然後帶著一種連自己也不能置信的、矯作的輕藐微笑，屈辱的爬進牠的耗子洞去。在牠骯髒的，臭爛的地下室中，我們這位受了屈辱的，被欺壓了的，被玩弄了的耗子，立刻陷入冷酷的、歹毒的，以及——最要緊的——永恆的惡意之中。四十年的時間，牠一直記得牠所受的傷害，一直到最微小的最屈辱的細節，而每一次牠都自己把它加添一些更屈辱的細節，用牠自己的想像惡意的取笑並折磨自己。牠會因自己的想像而羞辱，然而牠要想像，並一再一再地回憶每一個細節；牠會發明一些前所未有的事情來反對自己，裝作這些事情可能會發生，並因此對它們一件也不寬恕。也可能牠真的為自己復了仇，然而，卻是纖纖細細的，以一種瑣碎的方式，偷偷摸摸的，從爐子後面，既不相信自己有權復仇，也不相信能夠成功，確信自己由復仇而來的痛苦，要比牠復仇的對象所忍受的超過一百倍，而那個被復仇的人，我敢說，連搔都不會搔一下。在牠死的時候，牠會把這一切都重新回憶起來，帶著這許多年來所累積的一切興致……。

但就是在這種冷酷的，可厭的半絕望、半有信念，在這種四十年將自己埋在地獄中的意識裡，在這種對自己的無望狀態確切認清之後而又半信半疑之中，在這種未滿足的欲望轉變為內在的折磨之中，在這種搖擺不定的熱病中，在這一分鐘做了永恆的決心而下一分鐘又立刻懊悔的熱病之中，發散著我所說的奇怪的享樂氣息。它是如此纖細，如此難於分辨，以致那些心靈稍受限制，或神經健朗的人，對它就連一個原子也了解不到。「這倒可能，」你會帶著獰笑自以為是地說：「沒有被打過耳光的人也無法了解它。」你說這個話似乎很有禮貌地暗示我，或許，我曾經被人打過耳光？因此我談到它就像我經驗過一樣？我打賭你這樣想。但是，你可不可以靜一下？先生，我告訴你，我從來沒有被打過耳光──雖然你怎麼樣想，我是一分一毫也不關心。再者，我甚至懊悔，我自己這一生中連打人家耳光的次數都太少了一些。但是，夠了……讓你感到如此興趣的題目我絕不再說一個字。

我要繼續冷靜地討論那些神經健朗、不懂精緻樂趣的人。這些先生們，在某些場合，雖然能像公牛一樣大吼大叫──而這個，讓我們設想，給他們帶來了很大的信譽──然而，如我已經說過，當他們遇到了無法通過的事情，卻立刻收捲尾巴。無法通過的意思就是石頭牆！什麼樣的石頭牆？當然是自然律，是自然科學的演繹，是數學。譬如說，當他們向你證明了你是猴子的後代，那麼，發脾氣是沒有用的，你只能把它當做事實接受。當他們向你證明了事實上你身上的一滴油要比你同伴的十萬滴還貴重，而這個結論是一切所謂道德、責任以及諸如此類的偏見幻想等等的最終解釋時，那麼，你只能接受它，這是毫無辦法的，因為二二得四乃是數學定律。不然你反駁試試看。

我的老天！但是當我為了某種理由不喜歡這些事情以及二二得四的時候，我管它什麼自然律或數學律。當然，如果我確實力量不夠，我是不能用我的頭把它撞倒的，但我並不因為它是一堵石頭牆而我自己又沒有力量把它撞倒就與它妥協。

好像這樣一堵石頭牆就真正是某種藉口，好像它真正包含了可以妥協的字眼——僅僅因為它像二二得四一般真實！哦，荒謬之中的荒謬！把所有一切做一個通盤了解豈不更好：去了解所有的不可能性以及石頭牆；去認清如果與不可能性及石頭牆妥協使你感到厭惡，你就不要同它妥協。然而，奇怪的是：經由最最不可避免與最最邏輯的混合路線，卻能達到令人噁心的結論，即是，即使為這堵石頭牆你也要背負某種罪責——雖然，很明顯的，你一點罪責也沒有。因之你在暗默的無能之中咬牙切齒，沉入奢侈的怠惰，感到連一個讓你做仇恨對象的人都沒有，你甚至永遠找不到一個人讓你發洩你的惡意。於是你了解它只是一個面具，是一個戲法，是一個牌戲的騙局，它只是一個謎團，既不知它是什麼東西，也不知它是什麼人。但姑就這一切騙局不說，在你之內仍舊有一種疼痛，而你對它越是不能了解，你內心的疼痛就越是厲害。

4

「哈，哈！下一步你就要在牙痛中找樂趣了。」你叫起來，嘲弄地大笑。

我怎麼說？好，即使在牙痛中也有樂趣。我曾經牙痛整整一個月，因此我了解這種東西。當然，在這種例子中，人的惡意並不表現於沉默，而是表現於呻吟；但這種呻吟並不是發乎自然，而是出自惡意；惡意是它的一切。受苦者的樂趣在這種呻吟之中找到了發洩；假如找不到樂趣，他就不會呻吟。這是一個好例子，先生，我要把它挖到底。這種呻吟首先表示了你的痛苦沒有目標——而這如此屈辱了你的意識。當然它是來自你所輕藐的加以唾棄的整個自然體系，但是，雖然它來自自然體系，你卻仍然因之痛苦，而自然界本身卻一點也不痛不覺。這表示了你意識到沒有敵人讓你懲罰，卻有痛苦讓你承受；表示了不論有多少威金漢①，你卻完全受你的牙齒所奴役；你意識到有某一個人物，如果他願意，你的牙痛就會霍然而癒，如果他不願意，你會再痛整整三個月；而到最後，如果你仍然倨傲，仍能頑抗，則留給你唯一的恩惠就是讓你抽打自己，用盡全力，或握緊拳頭，去捶打你那堵石頭牆，絕無

①Wagenheim是一個德國牙醫，主張無痛醫療，他應用催眠術或自我暗示等方法。

他事可做。好了，這種要命的侮辱，這種由某個你不知的人物而來的嘲弄，最後卻變成一種享樂，一種能到達最高淫靡程度的享樂。各位先生，我請你們找個時間去聽聽十九世紀有教養的人牙痛時所發出的呻吟，聽聽在牙痛的第二天或三天開始發出的呻吟，這就是說，不像第一天那樣，不是僅由牙痛而發出的，不像一個粗俗的農夫所發出的，而是一個被歐洲的文明與進步所感染的人，一個今日被稱為「與土地及自然脫離了關係的人」所發出的呻吟。他的呻吟骯髒可厭帶著惡意，並且日日夜夜繼續下去。他當然知道這種呻吟對自己毫無益處；他比任何人都清楚他是在毫無道理地折磨別人和他自己；他知道他的聽眾，他的家人，完全帶著一種厭惡在聽他，他們連一毫也不相信他真正需要這種呻吟，他們心裡都知道他可以用另一種不同的方式，更為單純的，不要尖叫，不要揮拳踢腿；他們都知道他現在這種呻吟僅僅是為取悅自己，是出於情緒不良，是出於惡意。好了，在這一切認知與羞辱之中存著一種淫靡的樂趣。就像他在說：「我在使你傷腦筋，我在折磨你，我要使得屋子裡每個人睡不著覺。好嘛！你就不睡好了，我要你每分鐘都覺得我在牙痛。現在你知道我不是一個英雄，知道我以前都是裝模作樣，其實我只是一個騙子。好嘛！就讓我是好了！我很高興你看穿了我。你聽我可厭的呻吟一定覺得很骯髒，好，就讓它骯髒；現在我要讓你看看更骯髒的折騰……」現在還不明白麼？先生？或許你真的不明白，因為要想了解這種樂趣的複雜狀況，我們的意識與心理發展似乎還須走得更遠一點才行。你大笑？你高興起來了。我的笑料，先生，當然是低格調的，是胡說八道，缺乏自信的。這當然是由於我不尊敬自己。然而，一個知覺敏銳的人難道能夠尊敬自己嗎？

5

好，我問你，難道一個想在自己的墮落中找尋樂趣的人能夠有一絲一毫尊敬自己麼？我說這個話並不是由於什麼令人作嘔的懺悔。實際上，我從來忍受不了說什麼：「爸爸，請原諒我，以後我再也不做了。」並不是因為我不會說，而是因為我或許會把它說得太好，並且，我會用何等可厭的方式來說它！就像是預計好的，我常常在自己毫無錯處的時候陷入困境。這是它最骯髒的地方。然而在同時我又會真正地受到感動並且懺悔，我常常流淚──當然，這是騙自己的──儘管我什麼也不做，同時心裡又覺得一種懊惱……一個人甚至不能為了這件事情去責備自然律，雖然自然律在我整個生命中不斷地觸怒我，甚於其他任何事物。想到這一切，是可厭的，但這個回憶本身更為可厭。當然，一分鐘以後，我可能憤怒地發現它只是一個謊言，一個令人噁心的，裝模作樣的謊言，這就是說，這一切的懺悔，情感，以及這些改過的誓言。先生，你或許要問，我何必用這些莫名其妙的東西麻煩自己？我回答：交臂而坐非常無聊，因此開始遊戲。這是真的。不信的話，你可以仔細觀察自己，就知道情況確實如此。我給自己發明種種冒險，製造生活，以便至少可以用某種方式生活下去。曾經有多少次，好，舉個例子說，曾經有多少次我有意地發脾氣，什麼也不為；當然，一個人自己知道，他並不是在對任何東西發脾氣，而是自己把它弄到身上，然而他最後還是把自己搞到真正發脾氣的地步；整個一生我都有一種衝動去玩這種鬼把戲，以便到最後失去對自己的控制。另外，其實是兩次，我努力試圖戀愛。我也受了苦，先生，這個我可向你擔保。在我內心的深處，我不相信我的痛苦，我覺得它只是一種依樣葫蘆，然而，我又確實受了苦，以一種純粹的，正正道道的方式受苦；我嫉妒，心不由己……然而這一切只是由於ennui①，先生，一切由於ennui；倦怠制服了我。你知道，意識之直接合法的子嗣就是倦怠，這就是，交臂而坐的意識。前面我已說過，但我要再說，強調再強調：一切直筒子和實行家，他們之所以去實行，僅僅因為他們是蠢貨，是凡夫。這怎麼解釋？我告訴你：由於他們的凡俗，他們把直接而次要的原因當作了第一原因，並以這種方鐘快速而輕易地說服他們自己——遠比那些為自己的行為尋找不可破除的基石的人更為快速更為輕易。他們的心靈安逸，而這個，你知道，乃是一切行動的首要條件。要開始行動，你的心必須完完全全處於安逸狀態而沒有一絲一毫疑慮。那麼，譬如說，我怎樣使我的心靈安逸呢？何處是第一原因讓我把自己在上面建立起來？何處是我的基石？我從何處去得到它們？我在反省之中前思後想，結果是每一個第一原因，從

①ennui 倦怠。

它自己身後又對我抽出另一個第一原因，如此反覆至於無窮。這正是一切意識與反省的本質。這又可能是自然律。結果怎樣呢？好，結果還是一樣。你記得剛剛我講到復仇（我可以確定你根本不記得），我說過一個人之所以為自己復仇是因為在其中見到正義，因此他在各方面都很安逸，結果他安安靜靜的，很成功地執行他的復仇，因為他自信在做一件公正的、誠實的事情。但是我在其中看不出什麼正義，也發現不到任何德性，結果我若想為自己復仇，唯一的原因就是出自惡意。當然，惡意可以克服一切，克服我一切的疑慮，因此可以十分成功地替代第一原因——這正因為它根本不是什麼原因。但是如果我連惡意也沒有（我剛剛說過的，你知道），又怎麼辦？結果是，再一次，我那些可惡的意識以及憤怒遭到了化學分解。當你細細查看，你的對象飛進了空中，你的諸種理由化成了蒸氣，罪者找不到了，錯誤變得並非錯誤，而是一具幻影，有點像牙痛；沒有一個人為它背負罪責，結果留給你的只有那同一條出路——用盡全力握緊拳頭去捶打你那堵石頭牆。最後你揮一揮手，只好把它放棄，因為你根本找不到第一原因。或者，你可以試圖讓自己被情感牽著鼻子走：盲目的，不要反省，不要第一原因，至少暫時把意識壓下去；恨也好，愛也好，只要你不交臂而坐。但是，至多到第二天，你就開始為你的明明自欺而藐視自己。結果是：肥皂泡以及倦怠。啊，先生，你知不知道我之所以把自己認做聰明人，或許正是因為這一生我從來不曾開始，也不曾完成任何事物？確實我是一個碎嘴子，一個無害而會令人討厭的碎嘴子——像我們每個人一樣。然而，假如每個聰明人直接唯一的使命只是做一個碎嘴子，這即是說，蓄意地向篩子裡灌水，則還有什麼可做？

6

啊，如果我不做任何事情僅僅是由於怠惰！我的老天，如此我將要何等尊敬自己！我尊敬自己，因為至少我可以做到怠惰；在我生命之中至少有一種東西是確定的，在這種東西之中我可以相信自己。問：他是什麼東西？答：懶蟲；聽到這個稱呼是何等舒暢！它意思是說我確實被界定了，它意思是說我還有點什麼。「懶蟲」——你看，它是一種稱謂，一種職位，一種履歷。這不是開玩笑，它確實是如此。從此我可以正正道道做最佳俱樂部的一員，並因不斷地尊敬自己而使自己心安理得。我認識一個先生，他終生因為做一個拉法蒂的鑑賞家而自覺驕傲，他認為這是他確定的專長而從不懷疑自己。他死了，不僅是安安靜靜地死，而且帶著勝利感。他是對的。那麼，我應當為自己選擇一項職位，我應當做一個懶蟲及老饕。我怎麼會有這種念頭？我已經幻想很久。在四十歲這種年紀，「善與美」在我心上具有很大的重量。但這是四十歲的時候：以後呢——啊，以後就不同了！我可能發現一種與它保持關係的活動方式——說得正確些，就是向每種「善與美」的事物乾杯！我要抓住每一個機會在我的杯子裡灑滴一些眼淚，然後向一切「善與美」的事物乾杯把它喝下去。如此我要把每種東西都變成善與美的；在最骯髒的，毫無疑問的爛污之中，我要將「善與美」挖掘出來。

我要像一塊濕海棉一樣滲出眼淚。譬如說，一個畫家畫了一張匹敵哥依①的畫，我就立刻向這位與哥依匹敵的畫家乾杯，因為我愛一切「善與美」；一個作家寫了《隨你便》②我立刻就向《隨你便》乾杯，因為我愛一切「善與美」。

如此，我就有資格受尊敬。我會殺掉任何不尊敬我的人。我會安安逸逸地生活，我會很莊嚴地死，因為，這根本是很迷人的，完完全全迷人！而我將會長出一個何等的大肚子，我將會建立起何等的蠢下巴，我將會為自己渲染一個何等的酒糟鼻，以致每個人看到我都會說：「這是一個寶貝，是個真正的，結結實實的傢伙！」不管你怎麼說，在這種消極的年代，聽到關於自己的這種評論都是很舒服的。

①Nikolay Nikolaevich Gay（1831－1894年），俄國歷史人物畫家，日後甚有名氣。他父親從法國移居俄國。

②As you will；莎士比亞喜劇《Twelfth Night》之副題。歐洲大陸一般用此副題，因爲主題甚難翻譯。

7

但這一切都是美夢。啊，你告訴我，是誰第一個這樣宣稱，是誰第一個這樣發布：人之所以做骯髒的事，僅僅是因為他不知道自己的利益；假如他得到啟發，假如他的眼睛開向真正的利益，他就會立刻停止做骯髒事，而變為高貴善良！如果他得到啟發並了解他真正的利益，他就會發現善良於他有益，而我們都知道得很清楚，沒有一個人會有意違反自己的利益而行事。結果，可以說，由於必要，他一定會由善良的行為開始——這些話是誰說的？啊，幼稚、純潔無垢的嬰兒！理由嗎？我說給你聽，第一，這整整數千年，有沒有一個時期人類僅由自己的利益行事呢？上百萬的事實，證明了人是有意識的，即是說，完完全全了解自己的真正利益，卻把它丟在背後，急急忙忙衝向另一條路，去迎接危險與毀滅——不是被任何人任何物所逼迫，而僅僅因為他厭煩舊路。他頑固地、有意地打開另一條荒謬而困難的道路，幾乎是在黑暗中去追尋它。因此，我想，這種頑梗與乖僻恐怕要比任何利益更使他高興……利益！什麼是利益？你是不是想自己扛起這個責任，用完美確切的字眼來界定人類的利益究竟包括什麼？有些時候，人的利益，不僅是可能，甚至必須包含在他有害的事物之渴望中，而不在對他有益的事物。設若如此，設若有這種情況，那麼整個原則就碎成灰燼。你以為如何——有沒有這種情況？你笑，好，去笑你的，不過你要回答我：人的利益可否用完美的確切性來計算呢？有沒有某種東西不但是從來沒有被任何分類所包括，而且根本不可能被任何分類所包括？你看，先生，盡我所知範圍，你們核對人類的利益完全是依照統計表格及政治經濟公式。你們的利益是繁榮、財富、自由、和平——以及其他等等，等等。因此，譬如說，如果有一個人公開地，且明知故犯地違反這一切表格，那麼，你會覺得——當然，事實上我也會覺得——他是一個莫名其妙的人，或者絕對的瘋子。難道他不是嗎？但是，你可知道，最令人吃驚的乃是：為什麼一切統計學家、聖人、人性的擁護者，在核算人類利益的時候，總是一成不變的把其中一項遺漏？他們甚至不用應該核算它的方式來核算它，而整個的核算就依據於此。這其實不是什麼大事，他們可以簡簡單單地把這項利益加入表格裡。但問題是，這一項很奇怪的利益不落在任何分類之中，不能置於任何表格之中。譬如說，我有一個朋友……啊！當然啦，先生，他當然也是你的朋友；他是每個人的朋友，沒有一個人不是他的朋友——當這位先生準備採取任何行動，他會告訴你，優雅清晰地，正正確確地告訴你，何以他必須依照理性與真理的規律來行動；更且，他會帶著興奮與熱情向你談論真正正規的人類利益；他會帶著諷刺的口吻責備那些不懂自身利益，不懂德性之真意的短視傻瓜；然而，一刻鐘之內，沒有任何外來的刺激，僅僅是因為內在於他、比他一切利益更為強烈的某種東西，他會走入一個完全不同的方向——這就是說，完全違反他剛剛所說過的話，違反理性的規律，違反他自己的利益，事實上，違反一切……我警告你，我這個朋友是一個多重人格，因此不能當做一個性格統一的人來責備他。事實上，先生，對一切人而言似乎真正有某種東西比他最大的利益還要親切，或者說（免得違反邏輯）有一個最有益的利益（就是我們剛才忽略的那一個），它比一切利益更為重要，更為有益，為了它，如果必要，一個人會甘願違反一切規律；這就是說，違反理性、榮譽、和平、繁榮——事實上，為了這個比一切更親切、更基本、更有益的利益，他可以違反一切漂亮而有益的東西。「是了，」你說，「畢竟它還是利益。」但是，請你原諒，我要把話說清楚一點，這並不是我在玩弄字句。事實是，這一種利益之所以特殊，是因為它打破了我們一切分類，並且持續的粉碎人性的擁護者為人類的利益所建構的每種體系。事實上，它顛覆了一切。但是在我提及這項利益之前，我要先降低自己的身價，以便我敢於宣稱這一切美好的系統，一切解釋人類真正正規利益，使人在追求它們的時候立即變為善良與高貴的理論，依據我的看法，只不過是邏輯練習。為什麼？以追求人類自身利益為方法來更新人類，這種理論，據我看，就如同……譬如說，就如同柏克①的理論一樣，認為通過了文化的薰陶，人類變得溫柔，結果比較不嗜血，比較不適於戰爭。邏輯上看起來他的理論似乎是對的。但是人對於系統與抽象演繹有著如此的偏好，以致有意地歪曲事實，並準備否認他的感官向他所提供的資料，以符合他的邏輯。我舉這個例子只是它是最明顯的一個。你只要看看你的周遭：血流成河，並且是出以最歡樂的方式，似乎它是香檳。以柏克所生活的整個十九世紀做例子；以拿破崙做例子——這位十九世紀的大帝；以北美洲做例子——這永恆的聯邦；以席萊斯威克——霍斯丁②的鬧劇做例子……究竟文化在什麼地方使我們溫柔了？文化替人類獲得的唯一東西乃是感覺的繁複性有了更大的含容量——此外絕無其他。而通過這種繁複人類就在流血之中發現了樂趣。你有沒有注意到那些最文明的先生們是最巧妙的屠殺者？阿鐵拉③與斯坦卡・拉金④連給他們提燈都不配，而他們之所以沒有阿鐵拉及斯坦卡・拉金那般引入注目，只是因為他們已使我們覺得太過熟悉。無論如何，假如文化沒有使人類變得更為嗜血，至少

①Henry Thomas Buckle（1821—1862），《英國文化史》（兩部，1857，1861）的作者，這本書主張一切進步皆由心靈。除了智性的啓悟而產生的結果之外，沒有其他精神上的進步方法。

②1864年奧地利與普魯士進犯丹麥，攫取南部Schleswig-Holstein之地。

也使他們的嗜血變得更為卑下，更為可厭。在古老的時代，人類在流血之中見到正義，並且良心平安地屠殺他以為該殺的人。而現在我們視流血為可憎，卻仍然從事這種可憎的流血，並且比一向更要熱中。哪一種更壞？你自己決定。人們說克麗奧佩特（引一個羅馬史中的例子）喜歡把金針刺進女奴的乳房，從她們的尖叫與翻騰取得樂趣。你會說：那是比較野蠻的時代。然而，現在也是野蠻時代，因為象徵地說，即使現在仍然有針刺下去；而人類雖比野蠻時代更為精明，卻仍然沒有學會聽從理性與科學的指示。儘管如此，你卻仍然滿懷信心，以為人類現在除了某些古老的惡習之外，當常識與科學完全重新教育了人類的天性，並把它轉到正當的方向之後，那時他定會改變。你很自信，以為那時人類就會終止有意的錯誤，絕不致用他的意志違背他的正當利益。這還不完；接著你說，科學本身會教導人類（雖然在我的想法，這種教導根本是浪費）：他實際上從來沒有什麼意志或自由，他只不過是鋼

③Attila（406－453？A.D.），匈奴王，公元451年他的軍隊到達位於今日法國境內之Orleans。在Catalaunian平原的Châlons之戰敗北，退往匈牙利，452年他遠征羅馬。

④Stenka　Razin是哥薩克騎兵首領，1670年他征服了伏爾加河流域許多城市，最後被擊敗，俘虜，1671年處死。

琴鍵或風琴栓一類的東西，再者，還有所謂的自然律。結果，我們只要去發現這些自然律就夠了，人可以不必再為他的行為負責，於是生活變得何等容易！於是，當然，一切人類行為都可以依照數學方式編成表格，像對數表一樣高達108,000，並編纂索引；或者，更妙的，出版一部富有教育意義的百科全書，在其中一切事物都如此清楚地計算並加解釋，以致世界上根本不可能再有冒險及意外事件。

然後──這是你要說的一切──新的經濟關係就會建立，一切都是由數學的精確性預先製作好的，以便一切可能的問題都在一眨眼之間統歸消失，因為一切可能的答案都已經事先預備妥善。於是「水晶宮」①就可以建立起來。於是……事實上，那種日子是翠鳥日②；當然（這是我的意見），沒有人可以保證這種日子，譬如說，不會變得可怕無聊（因為假如一切都計算好了，都列好了表格，還有什麼可做呢？）然而另一方面說，一切事情卻都非常理性。當然，厭倦會逼得你做許多莫名其妙的事。是厭倦

①杜氏心中想到的是倫敦的水晶宮，一個玻璃與金屬的建築，於1851－1854年建成，被視爲當時的建築奇蹟。宮內長五百碼；1936年焚毀。

②相傳此鳥在冬至前後巢居海上，產卵時有使海平靜的魔力。翠鳥日意指平靜幸福的日子。

使人把金針刺進別人身上；然而，這不關緊要。糟的是（再一次，這又是我的意見），我敢說，那時人們要感謝金針。人是愚蠢得驚人；或者，他根本不愚蠢，他只是如此忘恩負義，以致在一切造物之中你絕對找不到一個與他稍微類似的東西。譬如說，如果發生這種事情我就絕不會驚奇：設想無任何理由，在普遍的繁榮之中，突然有位先生，帶著卑下的或者反叛的諷刺表情，兩手插腰，對我們所有的人說：「我說，先生們，我們何不把這些展覽會統統踢翻，把理性主義撕碎，把對數表丟到地獄裡去，以便讓我們重新按照我們甜蜜愚蠢的意志生活！好，這仍舊不算緊要，使人惱火的是他必然可以找到追隨者——這是人的天性。而這一切都是基於最愚蠢的理由，這個理由，你或許以為根本不值得提起：這就是，不論任何時代，任何地方的任何人，不論他是誰，他總喜歡按照他選擇的方式行動，而絲毫不願依照理性與利益。然則，人不僅可以選擇與他自己的利益完全相反的東西，有時甚至確實應當（這是我的想法）。無拘無束地選擇，自己的任性（不論何等放肆），自己的幻想（不論何等瘋狂）——這就是我們所忽視的「最有益的利益」，它不能歸入任何類，但任何系統與學說碰到它都會一成不變地粉碎無餘。為什麼那些自作聰明的蠢貨會以為人類需要正當的、德性的選擇呢？是什麼事情使他們認定人必然會尋求理性上有益的選擇？人所需要的僅是獨立的選擇，不論這種獨立需付出何等代價，亦不論這種獨立會把他導向何種方向。不過，當然，什麼是選擇，只有鬼知道。

8

「哈，哈，但是你知道實際上根本沒有什麼叫做選擇的東西，不管你怎麼說，」你會格格笑著打斷我。「科學對於人的分析已經到達如此的程度，以致我們老早知道所謂選擇和意志自由僅不過是──」

住口，先生，這個話讓我自己說。我承認，我很害怕。剛才我說只有鬼知道選擇是依據什麼──而這可能是非常好的現象──但是我想到了科學的教訓……就收住了口。現在你又從它開始。老實說，如果有一天發現了關於我們一切欲望與任性的公式──這就是說，它們依據什麼，它們如何升起，如何發展，在某一狀況它們的目標如何，另一狀況又如何等等。這當然是一條真正的數學公式──那麼，很可能，人會立刻停止感到欲望，實際上，他一定會如此。因為有誰會依照公式來選擇呢？更且，他會立刻由人轉變為一個風琴栓或其他類似的東西；因為當一個人不再有自由的欲望及選擇，他除了是一個風琴栓還能是什麼？閣下認為如何？這種事情是能發生還是不能？

「嗯！」你決定了。「我們的選擇之陷於錯誤，通常總是由於對利益的錯誤看法。有時我們選擇絕對荒唐的東西，因為，我們愚蠢的頭腦以為，在這荒唐的東西之中含藏著我們的利益。然而當一切都被解釋清楚，並在紙上作業出來（這完全是可能的。設想有某些自然定律為人類永不能了解——這種想法是何等愚昧可恥），那麼所謂欲望必定不再存在。因為假如欲望跟理性發生牴觸，我們自然會保存理性而消除欲望，因為要使理性在欲望之中保持愚昧，並明知故犯地違反著理性來意圖傷害自己是不可能的。而由於一切選擇與思考都真正能夠被核算出來——因為必然有一天我們發現所謂自由意志的定律——那麼，不是開玩笑，有一天確實會有一個這種東西的表格，以便讓我們真正可以依照它作選擇。設想，譬如說，有一天他們計算出，並且向我證明出，我要向某人做鬼臉，——因為我無法不做——並且我會以某個特定的方式向他做鬼臉，那麼，留給我的自由還有什麼呢？特別是，假如我是一個有學識的人並在某處得到過學位。如此，我可以在三十年之前就計算好我整個的生命。總之一句話，假如情況是如此，我們就什麼事也沒得做了；這是無論如何需要了解的。事實上，我們必須不厭其煩地告訴自己在如此如此一種時間，如此如此一種環境，自然界是不向我們讓步的；我們必須按照她本身的樣子來接受她，而不能叫她來適應我們的幻想，而假如我們真正必須按照公式和表格，好……甚至化學蒸餾器，這也沒有辦法，我們也必須接受蒸餾器，不然它會不經我們的同意而被我們接受……」

好了，說到這裡我要住口！先生，你一定要原諒我過於哲學化：這是四十年地下室的結果！請允許我發洩我的幻想。你看，先生，理性是件很妙的東西，這是不用爭辯的，但理性終究只是理性，它所能滿足的只是人的理性面；而意志卻是整個生命的表白，這就是說，包括理性與一切衝動的整個人類生命。我們的生命，在它的表白之中，雖然常是沒有價值，然而它仍是生命而非開出來的平方根。現在，譬如說，很單純的，我要活下去，這是為了滿足我生命的一切官能，而不只是要滿足理性，這就是說，不只是要滿足我生命官能的二十分之一。理性所知道的是什麼東西？它所知道的僅是它已學習到的東西，（而有些東西，可能永遠學習不到；這很糟糕，但為什麼不坦白承認？）而人類的本性卻是一個整體，它要作為一個整體來行動。有意識地或無意識地，與它裡面的一切因素共同行動，而即使它走錯了方向，還是活下去。我猜想，先生，你帶著憐憫的眼光在看我，你會再次告訴我，一個心靈啟悟與思想發達的人，總之，譬如未來的人，他們不可能有意識的去想要任何對他自己不利的事物，而這是可用數學證明的。我完全同意，用數學——它是可以的。但我要第一百遍說，有一個狀況，僅有一個狀況，人們有意識地、蓄意地欲望對他有害的事物，欲望愚蠢的事物，最最愚蠢的事物——僅僅為了取得欲望愚蠢之事的權利，而不願被拘束於僅僅欲望明智之事的束縛之中。當然，這個最最愚蠢的東西，這種我們的任性，先生，事實上很可能比世界上一切事物對我們更有益處，特別是在某些情況之下。特殊之點是當它很明顯地對我們有害，很明顯地違背我們理智的時候，它仍然可能比一切的利益對我們更有益處，因為不論外在情況如何，它為我們保存了最珍貴最緊要的東西——就是，我們的人格，我們的個性。你知道，有些人認為這是人類最珍貴的東西；選擇，當然，假如可做選擇，是可以與理性一致的，特別是在後者未被濫用而保留在一定限界之內的時候，這是很有益處，甚至值得稱讚的。但常常，甚至十分普遍，選擇根本地、頑固地違反理性，而這……而這，你可知道，這也是很有益，甚至值得稱讚的麼？先生，讓我們設想，人並不愚蠢（實際上，如果僅從一方面著想，這是無可反駁的，即是，如果人是愚蠢的，那麼，什麼東西是聰明的呢？）——然而如果人並不愚蠢，他就是可惡地忘恩負義！驚人地忘恩負義！事實上，我相信人的最佳定義就是忘恩負義的兩腳動物。然而這還不夠，這還不是他最壞的缺點，他最大的缺點是他永恆性的德性偏斜：永恆性的——從洪水時代到席萊斯威克——霍斯丁時代。德性的偏斜，結果是善意的缺乏，這種看法已經有了漫長的歷史，即是，善意之缺乏除了德性的偏斜之外沒有其他原因。你可以證明看看，把你的眼光放到人類的歷史上瀏覽一下。你看到的是什麼？偉大的景象？偉大，如果你願意這樣說。舉個例子：羅得島上的阿波羅巨像①，這有點東西。安內夫斯基先生曾以很好的理由說它是出自人手的作品，而其他的人卻堅持它是自然界自己的創作。歷史是不是五光十色？好，它也是五光十色：假如你以各種制服為例，軍用的以及百姓的，以及一切種姓一切時代的——僅僅這一項就值點什麼了，假如你再加上一切便裝，你就永永遠遠也整理不出一個頭緒，沒有一個歷史學家有資格匹配這項工作。歷史是不是單調？好，它可能也很單調：它一直打來打去，昨天打，今天打，起初打，最後還是打——如果你承認，這幾乎也是單調的。總之一句話，你可以用任何字眼來形容這個世界的歷史——一切能夠進入你的亂七八糟的想像之中的東西都可應用，唯獨不能用「理性」來形容它。這兩個字刺在你的喉嚨裡吐不出來。當然，實際上有一種很奇怪的現象在不斷發生：歷史中常常突現一些有德性和理性的人物，聖賢，人性的擁護，他們盡可能以德性與理性度其終生為目標，對他們的鄰人，且如此說，做一盞燈，僅僅為告訴他們，在這個世界上德性與理性的生活是可能的。然而，我們每個人都清楚，就僅僅是這些人，他們也總或早或晚對自己作偽起來，對他們自己做怪異的騙局，而絕大部分是很不漂亮的。現在，我問你，人既然是天賦了這樣奇怪的性質，我們對他還有什麼辦法？把世間的至福淋浴在他身上，讓他沉溺在幸福之海裡面，以致海面上除了滿足的泡沫之外沒有任何其他東西；給他經濟繁榮，以致他除了睡

①Rhodes爲愛琴海中一個島嶼。此阿波羅像約一百呎高，被視爲世界七大奇蹟之一。公元前290年立。

覺，吃蛋糕和繁殖人種以外就無事可做，即使如此，他仍會僅僅由於忘恩負義，僅僅由於惡意，向你玩出骯髒的把戲。他甚至會不顧生計，刻意求取最無聊、最最不經濟的荒唐事，為的什麼？只為把他的幻想摻入一切事物之中。確確實實說，他真正想保存的東西正是他虛妄的夢，是他最粗卑的愚想，以便向他自己證明——好像真有必要似的——人終究是人而不是鋼琴鍵。鋼琴鍵，這種東西是自然律脅迫著要如此徹底控制的，以致它除了按照表格之外，不可能有任何其他欲望。這還不完：即使人真正僅是一個鋼琴鍵，即使自然科學與數學一起向他做此證明，他仍然不會變得理性，卻要做出一些乖張行為——僅僅因為忘恩負義，僅僅是為了貫徹他自己。設若他找不到方法，他就會製造毀壞與混亂，會發明一切樣式的折磨痛苦，以便貫徹他自己！他會向全世界發動咒詛（這是他的特權，是人與其他獸類的首要區分），他可能因他的咒詛而達到他的目標——這是說，他讓自己相信他是一個人而不是鋼琴鍵！假如你說，所有這一切也能夠被計算出來並列成表格——紛亂、黑暗以及咒詛，以致僅需事先對它加以計算就可把它制止，理性從而可以重新肯定自己——如果你這樣說，好，人可能就會蓄意地發瘋，以便把理性趕出去並貫徹他自己。這是我相信的，我可以為這個話負責，因為人類整個行為似乎都包含於，且僅僅包含於此一事實：不斷地，每分鐘向他自己證明他是一個人而不是鋼琴鍵。這可能要以他的性命做代價，可能以互相殘食為手段！假如情況如此，我們怎能不高興於理性的表格還沒有實現，怎麼不高興於我們的欲望還依賴某些我們尚未知悉的東西？

你會向我尖叫（這是說，假如你肯降低自己的身分）：沒有人干涉你的意志自由，他們所關心的只是我們的意志須與正當的利益相合，與自然律及數學相合。

我的老天，如果我們變成表格化及數學化，如果一切都變成二二得四，自由意志又算什麼東西呢？二乘二不用我的意志還是得四。而你還好像是說自由意志使得它如此！

9

先生，我在開玩笑，我知道我的玩笑並不漂亮，但是一個人不能把每一種東西都當作玩笑。當然，我的玩笑開得有點奇怪。先生，我被許多問題折磨著，請你為我解答。你。譬如說，要醫治人們的舊習慣，並依照科學與善意來改革他們的意志。但你怎麼知道，以這種方式改革人類不但可能而且值得？究竟什麼東西使你認定人類的傾向需要改革。總之一句，你如何知道這樣一種改革會對人有益？把話說到底，你怎麼會如此確信理性與數學，認為由它們做保不違背人類正當利益的行為，就真正必定有益於人類，並且是人類的一種定律呢？你知道，這只不過是你的設想。它可能是邏輯定律，但不是人性定律。你或許以為，先生，我瘋了？讓我為自己辯護。我承認人很顯明地是創造性的動物，注定要意識清楚地為一個目標掙扎並從事工程事業——這就是說，不斷地並且永恆地去開創新的道路，不論它導向何方。但有時候他脫離正軌的理由正是他注定要去開路，並且，很可能，不論「直筒子」和實行家多麼愚蠢，他們都會想到道路幾乎總是通向某個地方，而它所通向的目標卻沒有開路的過程那麼重要；他們會想到主要的事情是使好孩子們免於輕視工程學，免於向致命的怠惰讓步；怠惰，你知道，是一切罪惡之母。人喜歡開路，喜歡創造，這是毋需爭辯的，但他為什麼對毀壞與紛亂也如此熱情地喜愛呢？告訴我！然而，關於這件事情我自己有幾句話要說。他之所以喜歡毀壞與紛亂（有時他確是如此，這是無可爭辯的）是否因為他本能的懼怕達到他的目標以及完成他所構築的大廈？誰能否認，或許他之愛他的大廈僅是從某一距離之外，而無論如何不是在近距離愛它；他可能只愛建構它，卻不喜歡住在裡面，而當建築成功之後卻放棄它，把它留給Les animaux domestigues①去居住——諸如螞蟻、綿羊等等。螞蟻有著完全不同的胃口，它們具有可維持至永恆的那種類型的令人驚奇的大廈——蟻巢。

可敬的螞蟻種族以蟻巢開始，並且很可能也以此為終，這給它們的毅力與良知提供了最大的信譽。而人卻是膚淺而不合條理的動物，他很可能，像玩棋子的人，只愛棋戲的進行，卻不愛它的結束。而誰又知道（還沒有一種肯定的說法），人類在世間所掙扎獲取的唯一目標不就是這種無止息的獲取過程而非所獲取之物？這種獲取過程用另一種說法，即是生活本身，而獲取之物乃是生活的結果，可以用公式加以表達，其確定性就如同二乘二得四；然而，先生，確定性卻不是生活，而是生活之死亡的開端。無論如何，人一向懼怕這種數學的確定性，而我現在正在懼怕。設想一個人所尋求的唯一目標就是數學的確定

①馴良動物。

性，他遍歷諸洋，情願冒生命的危險，最後成了功，真正發現了它——我可以向你擔保他一定會懼怕起來。當他找到它的時候，他感到再沒有事物可讓他尋求。一個工人做完了工作，至少可以取得他的酬金，跑到酒館，買個醉，然後被扭到警察局——而這裡可以讓他有一個禮拜消受。但人類有何處可去？無論怎樣說，我們都可察看出當他達到諸如此類的目標時他的某些窘態。他所愛的是尋獲的過程，而不十分喜歡去獲得它，這個，當然，是有點荒謬。事實上，人是一種滑稽的東西；似乎在他的生命中秉具某種玩笑的成分。然而，無論如何，數學的確定性仍然令人無法忍受。二二得四對我而言似乎僅是一種驕横的東西。二二得四是一個無禮的紈袴子，兩手插腰而站，擋住你的去路並吐口水。我承認二二得四是很漂亮的東西，但如果我們給每種東西應得的價值——則二二得五有時也一樣很有魅力。

而你為什麼如此堅定、如此耀武揚威地相信只有正當的、確定的東西才有益於人類呢？——換句話說，你為什麼以為只有增加福利的東西才有益於人類呢？談到利益，難道理性不可能是錯誤的嗎？人除了愛安寧幸福之外，難道不可能愛其他東西？他是否會同樣愛痛苦？痛苦是否可能與安寧幸福對他一樣有利？人有時出奇地、熱烈地喜愛痛苦，這是一個事實。這用不著訴諸一般歷史，只要你問問自己——如果你是一個人而且真真實實地在生活。照我自己的意見看來，僅僅關心安寧幸福無疑是教養太壞。不管是好是歹，去搗爛一件東西有時確乎是令人愉快的事情。我並不想袒護痛苦，但也同樣不想袒護安寧幸福。我袒護……我的任性，以及在必要的時刻它給我的保證。在笑劇裡面，痛苦是不必要的，這個我懂；在「水晶宮」中，它也是不可想像的；痛苦意味著懷疑、否定，而如果在「水晶宮」中有任何值得懷疑的東西，那還成什麼水晶宮？然而，我想人類永不可能放棄真正的痛苦，這即是說，不肯放棄毀壞與紛亂。為什麼？因為痛苦是一切意識的根源。雖然我在一開始說過意識是人類最大的不幸，然而我卻知道人類讚揚它，並且絕對不會用任何代價把它出賣。意識，譬如說，就無限的高越二二得四。一旦你獲得了數學確定性，就再沒有東西讓你去做或去了解。除了傾乾你的五官並投入空思之外無事可做。然而如果你緊緊抓住意識，所得的結果雖然可能相同，你卻可以時時鞭打著自己，而這個，可以喚起你的生命。這看起來很悖逆，然而懲罰的痛苦要遠勝於空無。

10①

你對於那一個永遠不能毀壞的水晶宮具有信心——一個不能向它偷偷吐舌頭做鬼臉的水晶宮。而這或許正是我何以懼怕它：它是水晶做的因而無法毀壞，甚至不能向它偷偷吐舌頭做鬼臉。

你曉得，假如它不是宮殿而是雞窩，我就可以爬進去避雨，然而無論如何我不會因為它保持了我的乾燥就稱雞窩為宮殿。你大笑了，並且說，在這種狀況下雞窩就跟大廈一樣好。你說得對——如果僅僅是為了避雨。

然而，如果我腦子裡發生一種念頭，以為這不是生命中的唯一目標，我要住最好的大廈——這時又怎麼辦呢？這是我的選擇，我的欲望。你要想改變它，唯有改變我的喜好。好，你不妨試試看，用另一種東西來誘惑我，給我另一種理想。然而我絕不會把雞窩認作大廈。水晶宮可能是一個懶惰的迷夢，它可能與自然律不相合，而我之發明它只是由於我自己的愚蠢，是由於古董的、沒有理性的人類舊習慣。但與理性是否相合對我有什麼關係？它之所以存在於我的欲念之中，並且與我的理性衝突——這又有什麼關係？或許你又大笑了？笑你的吧，我寧願忍受任何嘲

①杜氏在1864年3月26日給他的兄弗Mikhail信中說這一節曾被檢查官嚴重刪改過。

笑也不願在飢餓的時候偽裝飽足。我知道，無論如何，我絕不會僅僅為了自然律真正存在以及為了與自然律相合等等，就接受某種妥協條件或循環零。給窮人一千年的契約，整條街的建築連同家私，甚至還在窗外掛了牙醫的招牌——這些東西不是我欲望中最重要的東西。毀滅我的欲望，抹除我的理想，指示我更為美好的東西，我會跟隨你。你或許會說，這不值得讓你麻煩！但設若如此，我會以同樣的話回報你。我們是很嚴肅地在討論問題；然而如果你不肯屈身注意我的話，我就中止與你相識的關係，退回我的地下洞中。

但當我還活著並且具有欲望的一天，我寧讓我的手枯乾也不肯放一塊磚頭在這種建築上！你用不著告訴我我剛才擯棄水晶宮僅僅是為了不能向它吐舌頭。我並沒有說我之擯棄它是因為我太喜歡吐舌頭。我所憤慨的可能完全是另一回事：我恨我們所有的大廈竟沒有一幢是不可以向它吐舌頭的！相反地，假如你們的一切事物布置得使我不想對它吐舌頭，我因感恩而心甘情願讓你把我的舌頭割掉。然而一切事物未曾如此布置並不是我的錯，人必須滿足於典型公寓也不是我的錯。然而為什麼我被造就出如此的欲望？難道我生命的如此結構，僅僅是為了讓我認識我如此的構造僅是一種騙局？難道這會是我整個生命的目的？我不能相信。

然而，你知道為什麼？我確信我們地下室的居民必須加上馬嚼子。雖然我們可以坐在地下室四十年一言不發，可是當我們走到太陽光下，我們就破口一直說，一直說，一直說……

11

總歸一句話，先生，什麼都不做最好！意識到怠惰最好！那麼，地下室萬歲！雖然我嫉妒正常人，直到我流盡最後一滴血，我卻無意取代他現在的位置（雖然我還是不免嫉妒他）。不，不，無論如何地下室生活還是更為有益的。在這裡，無論如何，一個人可以……啊，但是，即使現在我還在扯謊！我扯謊，因為我自己知道地下室並不是更好的。更好的是另一種不同的東西，十分不同的東西，那個東西是我所渴求的，但我找不到它！該死的地下室！

我可以告訴你一件更好的東西，那就是，假如我能相信我剛才寫過的任何一句話就好了。我向你發誓，先生，我剛剛寫過的，沒有一句話、沒有一個字是我真正相信的。這就是說，或許我相信它，然而同時，我又感覺到自己像一個補鞋匠一樣在扯謊。

「那你為什麼寫這些東西呢？」你會這樣問。

「我應該把你放到地下室四十年，不讓你有任何事情可做，然後我到你的地窖來，看看你到了何種地步，四十年無事可做，一個人究竟會變成什麼樣子？」

「那不是很可恥，不是很卑下嗎？」你會說，或許輕藐地搖擺你的腦袋。「你渴望生命並想用邏輯的糾葛來解決生命的問題，而你的玩笑是何等頑固何等無禮，同時你又是何等恐慌！你胡說一些並以此自娛，你說莽撞的話又時時警覺為它們求饒。你宣稱自己什麼也不在乎，同時又試圖巴結我們想讓我們說你好。你宣稱你在咬牙切齒，同時又想裝成機智的樣子來取悅我們。你知道你的俏皮話一點也不俏皮，很明顯地你是以它的文學價值自我滿足。很可能，你真正受過苦，但你對你的痛苦毫無敬意。你可能很坦白，然而你不知謙和；由於最卑下的虛榮心，你把你的底細無恥地暴露於公眾之前。無疑你是想說點什麼，但由於懼怕，你隱藏了最根底的話，因為你沒有決心把它說出來，你所具有的僅僅是懦弱的無禮。你吹噓你的意識，但是你不能確定你的立足點，因為你的頭腦雖在工作，你的心卻黑暗腐敗；而心不純潔就不能具有完滿的、真誠的意識。然而你是何等地莽撞，何等虛假！謊言，謊言，一片謊言！」

當然，你所說的這一切都是我發明的。這個，也是地下室的結果。我已有四十年的時間從地板的一條裂縫中聽你的聲音。這些東西是我發明的，我沒有其他東西可以發明。無怪我要心裡記著它，並採取一種文學形式……。

但是，你真的那麼老實以為我會把它印刷出來給你看嗎？另一個問題：我為什麼稱你為「先生」，為什麼我稱呼你好像你是我的讀者？我所做的這種自白絕不出版，也絕不給別人看。無論如何，我不是果斷的人，我不清楚我該怎麼做。然而，你知道，我發生了一種幻想，並且要不計任何代價使它實現。讓我做解釋：

每個人都有一些舊談是他不會隨便吐露的，他只向朋友吐露；另有一些事情在他心裡，是連朋友也不吐露，他只對自己說，並且是祕密地說；但是還有一些事情他連對自己都不敢說起。每一個正正派派的人都有一堆這種事情在心裡面藏得隱隱密密。他越是正派，心裡這種事情越多。不管怎樣，直到最近我才決心回憶某些我早年的事情。以前我一直躲避它們，甚至帶著不安的心理在躲避。現在，我不僅回想到它們，並且實際上決定把它們記錄出來，我要做一個試驗，看看一個人能否對他自己完完全全無懼地坦白真正的實情。順便我要說一聲，海涅①認為真誠的自傳是不可能的，人關於自己的事必定會說謊話。海涅認為盧梭在《懺悔錄》中必定說明了關於自己的謊話，甚至是蓄意的謊話——為了虛榮。我確信海涅是對的；我十分了解，某些時候一個人僅僅是為了虛榮，把一些通常的罪惡加在自己身上；實際上我很了解這種形式的虛榮。然而海涅所談論的是那些向公眾做表白的人；我卻是為自己而寫。終歸說一句，如果我書寫的形式像對讀者講話，那僅僅是因為這種形式寫起來比較方便。它只是一個形式，一個空洞的形式——我永遠不要有讀者。這個話我已

①杜氏意指德國詩人Heinrich Heine（1797－1850）關於《懺悔錄》所寫的片斷評註。他在首頁即說盧騷在懺悔錄中扯謊，並發明一些污穢事加在自己身上。

經表示得很明白。……

我不想用任何方式來限制我的手記。我不要任何系統，也不要任何方法。我想起什麼就寫什麼。

但是，有些人或許會抓住我的話柄追問我：如果你不考慮有讀者，你又何必自找麻煩呢！更且，還是寫在紙上！你何必說你不要系統又不要方法，想到什麼等等呢？你何必解釋？你何必為自己辯白？

好，我先告訴你，這裡邊有一大堆心理學。根本的原因，或許由於我是一個懦夫。或許由於我想像有一個讀者在面前，寫起來就尊嚴些。原因可能有一千種。再問：我寫它的目的是什麼？如果我不是為了給別人看，我何必把這些偶然的事情寫在紙上，而不僅僅心裡想想就算了？

完全對；但是，寫在紙上比較神氣。寫在紙上有一個重要的意義：我可以評論一下自己，我可以改善我的文體。此外，由於把它寫出來，我或許實際上可以使自己鬆懈一下。舉個例子說，今天我就由於一件遙遠的回憶感到特別窒悶。好幾天以前它就跑到我心上來，清清楚楚的，一點一滴都到我心上來，並且一直停留著，像一個驅散不掉的刺耳聲音。然而，無論如何我總得把它驅散掉。這一類的記憶我有一百件，一千件；只不過有時候某一件突然特別明顯，跳出來，使我感到窒悶。不知道為什麼原因，我覺得如果把它寫下來就會把它驅散掉，那麼，我為什麼不能試一試？

再者，我覺得厭膩，我從來沒有任何事情可做。寫，總算是一件工作。有人說工作可以使人善良、誠實。好啦，不論如何這總算是一個機會。

今天下雪，灰黃的、骯髒的雪。昨天也下，前天，好幾天也下。我猜想是這濕濕的雪使我想起了這驅散不掉的記憶。就讓它是一個緣於落雪的故事吧！

只緣那濕濕的雪

當我熱情的鼓舞將你黑暗的靈魂援救，
脫離那威壓你的錯誤之途；
當你痛苦輾轉，口含咒詛，
回憶起圍困你心田的罪惡；
當你沉碰的良心被往日的火焰焚燒，驚懼——
你遂揭露前此你那令人憎厭的生命之流；
我突然看到由於骯髒的回憶而變得憔悴的，
涕泣的，憂苦叛逆的，驚呆如狂的你的臉……

尼可拉索夫①

①Nikalay A. Nekrasov (1821－1878)，俄國的名詩人及編輯，有激進的同情心。這首詩出版於1845年，無題。詩的最後兩行是：「勇敢自在來我居室，名正言順做我妻子。」

1

那時我二十四歲。我的生命極其幽暗、騷動，比野獸更為孤獨。我不同任何人做朋友，並且根本避免與任何人談話，我越來越深地埋入我的洞中。在辦公室我對任何人絕不看一眼；我非常清楚，辦公室裡所有的人都盯著看我，不但把我當作怪人，而且——我總是這樣猜想——把我當作可厭的東西。有時我覺得非常奇怪，為什麼，除了我就沒有一個人猜想到他自己被別人用厭惡的眼光看待呢？有一職員滿臉都是令人不堪忍受的天花坑，他看起來就是一個卑鄙下賤的傢伙。我覺得如果是我，就絕不敢用這一張臉看他人的面孔。另一個職員穿著陳舊骯髒的制服，遠遠就發散撲鼻的臭味。然而所有這些先生們都沒有一點點自知之明——不論是對於他們的臉，他們的衣服，還是他們的性格。他們之中沒有一個猜想到別人用厭惡的眼光在看他們；即使他們猜想到，也覺得無所謂，只要他們的上司不用同樣的眼光看他們就行。現在我已了解到，這個原因是出於我自己。由於我無限制的虛榮心，由於我為自己所定下的過高的標準，我時常以極不滿意的眼光看待自己，幾乎已經到達厭惡的程度，於是內心裡我認為每個人對我都有這種感覺。譬如說，我恨我的臉：我覺得自己可厭，甚至猜疑我的表情是卑賤的；因此，每一天我走進辦公室，總是盡可能裝得自由自在，做出高貴的表情，以免別人猜疑我卑賤。「我的臉可能很醜，」我想，「但要讓它高貴一點，感人一點，並且，最重要的，要極端聰明。」但我十分清楚，而且十分痛苦地清楚，我臉上根本不可能有那種表情。並且，最糟糕的，我覺得我的臉根本就是愚蠢的。如果我看起來聰明，我就會很滿足；事實上，如果我看起來十分聰明，即使卑賤一些我都忍受得了。

當然，我恨我所有的同事，我卑視他們，然而似乎同時又怕他們。事實上，有些時候覺得他們都比我強得多。我卑視他們以及把他們認為比我強，都是突然發生又突然變換的。一個有教養的、莊重的人不可能不給自己定下可怕的崇高標準，有些時候不可能不卑視自己甚至恨惡自己。然而，不論我卑視他們或覺得他們比我強，每次我遇到任何人，總是把眼睛低下來。我甚至做過好多次試驗，看我能不能臉對臉看著別人，但我總是第一個把眼睛低下來。這幾乎使我煩惱得神經錯亂。同樣，我怕自己滑稽，怕得有點病態，因此對於一切習尚都具有奴性的熱情。我喜歡落入俗套，我從心理害怕自己有任何偏激。然而我如何能辦得到呢？我根本是病態敏感的人——像我們這個時代的人必然會成為的樣子。辦公室裡的人都是蠢貨，你像我，我像你，像是許多羊一樣。或許唯有我以為自己是懦夫，是奴隸，而我之所以如此，是因為我比他們的心靈發達得多。然而，這並不僅是我的猜想，這是事實。我是個懦夫，是個奴隸。我說這個話並不覺得一點汗顏。我們這個時代每個莊重的人都必然是懦夫與奴隸。這是他的正常狀態。我確信如此。他被造出來就完全是為了適合這個目的。而且不僅是現代，而是每個時代，一切時代一切莊重的人都注定是儒夫與奴隸。這是整個地球上一切莊重的人的自然律。如果偶然有某一件事情表示了勇氣，他也大可不必以此沾沾自喜，因為在另一件事情上他照樣會露出馬腳。這是不變的，不可避免的結局。只有騾子和驢才勇敢，而且牠們的勇敢也是狗急跳牆式的。但是我們實在用不著當心驢和騾子，因為牠們發生不了什麼作用。

在那段時期還有另外一個情況使我煩惱：沒有一個人像我，我也不像任何一個人。「我是特別的，而他們都是一個樣子。」我這樣想——發起呆來。

從這件事情看起來，我那時確實還是一個乳臭未乾的人。

常常有些完全相反的事情發生。去辦公室有時是可厭的；可厭到這樣一種程度，以致回家的時候感到非常不適。然而，突然毫無道理的，我又會產生一種懷疑的、冷漠的情緒（發生在我心裡的一切事情都只是一種情緒），於是我嘲笑自己的狹窄與挑剔，責備自己的浪漫幻想。有些時候我不願同任何人講話，有些時候我又不但同別人講話，甚至想同他們做朋友。突然間，我的挑剔又無緣無故地消失。誰知道呢？或許我根本就沒有挑剔的性格，只是裝出來的，是從書本中學來的。這個問題到現在我還不能確定。曾有一段時期我同他們做朋友，到他們家裡拜訪，玩牌，喝伏特加酒，談升遷……然而，讓我把話題轉一下。

一般說來，我們俄國人沒有那種空想的「浪漫主義」——譬如德國人，尤其是法國人。這種浪漫主義是什麼結果也產生不了的；如果發生了地震，如果全法蘭西都被斷垣廢牆阻礙了，他們仍舊是原來的樣子，他們甚至連一點改變的想法都沒有，他們仍舊唱他們空洞的歌，一直到死為止。因為他們都是傻瓜。在俄國，我們是沒有傻瓜的；這是每個人都知道的事實。這就是使我們和別的國家不同的地方。結果呢，在我們俄國人之中永遠也找不到純粹空想的性格。這是由於我們「現實主義的」新聞記者和評論家們經常注意尋索科斯坦綽①和彼歐特・伊凡尼區叔叔②，並且愚蠢地把他們視為思想人物的結果；他們污蔑我們的浪漫主義者，把他們認作和德國或法國的空想者同樣的東西。但是，我們俄國人的「浪漫主義」與歐洲的空想

①Konstanzhoglo是果戈里小說《死靈魂》第二部中的典型講求實效的地主（該書1852年出版，時作者已死）。
②Uncle Pyotr Ivanich是Goncharov小說《平凡故事》中的角色，是一個高級官僚、廠主；他向性格浪漫的主角亞力山大・阿杜葉夫做節制與良知等等說教。

型態完全相反，而且歐洲的任何標準都用不到他們身上。（請原諒我用「浪漫」這兩個字，這是很老式的，很受尊敬的字眼，曾經有過很好的用途，而且是大家都熟悉的字眼。）我們的浪漫主義者，特徵在了解一切，看清一切，並且遠比最現實的人更為清楚地看清一切；拒絕接受任何人，任何事物，同時又不卑視任何事物；做政策性的退讓；眼睛永遠盯住實用的目標（諸如公費住宅等等），用一切狂熱盯住這些目標，從一切詩篇中去尋找這些目標，同時又一直到死仍舊保持「善與美」，使它們不受到侵犯；並且，只要對「善與美」有好處，他們也附帶地照顧自己，猶如把一塊寶石裹在棉花裡一樣小心翼翼。我們的「浪漫主義者」的度量是極端寬大的，而且是一切無賴之中最大的無賴——這我可以向你擔保，事實上我可以用經驗向你擔保。當然，這是假定他是聰明的傢伙。但是，我說的這是什麼話！浪漫主義者是聰明的，我的意思只是說，如果我們有愚蠢的浪漫主義者，他們不算數，他們是在年輕的時候被貶抑為德國人，把他們的寶石藏到了更為適宜的地方——諸如魏瑪，或黑森林等地。

舉個例子說，我就真正卑視我的工作，但我絕不公開污辱它，因為我自己在做這個工作，而且從它取得一分薪餉。無論如何，請你注意，我不公開污辱它。我們的浪漫主義者寧可發瘋——不過，這種事情幾乎是沒有的——也不公開污辱它，除非他已覓得了另外一分職業；而且他永遠也不會被開革的。至多──設如他真的發瘋了──他們把他送到瘋人院，像「西班牙皇帝」①一樣。然而在俄國只有那窮酸的好人才會發瘋。無以數計的「浪漫主義者」到後來都獲得了很像樣子的地位。他們的八面玲瓏確實大為可觀！他們對於各種矛盾的感受是何等有適應能力！即使在我年輕的時候，這個念頭就已給了我很大的安慰──現在我仍然如此。這就是為什麼我們有那麼多「度量大」的人，他們即使在最受貶抑的時候仍舊不失理想。更且，即使他們為了理想連小拇指都不肯伸一伸，即使他們是惡賊，是混蛋，他仍舊全心全意，極其真誠地維繫著他們的理想，是的，只有在我們俄國人之中，才有這種本性難移的無賴能夠全心全意地高尚地維繫著他的理想，同時又一直做無賴。我再說一遍，我們的浪漫主義者通常都是如此徹底的混帳（我用「混帳」這兩個字是很親切的），有時突然間表演起對真理的熱情，以致他們的上司和大眾不得不大感錯愕。

他們的八面玲瓏實在是驚人的，天曉得以後要發展成什麼樣子，天曉得有什麼樣的前途在等待我們。這並不是無關重要的芝麻小事！我說這些話也不是由於什麼愚昧的或誇張的愛國心。但是我知道，你一定又以為我在開玩

①指果戈里的《狂人自述》(1835年)。自述者認為自己是「西班牙皇帝」，終至於被送到瘋人院。

笑；或者正好相反，你以為我真作如此想。然而，不論你持何種看法我都歡迎，並把它視為一項榮耀和特殊的恩惠。請你原諒我轉換這個話題。

當然，我與同事的關係是無法維持下去的，不久就與他們齟齬起來，在我年輕而無經驗的狀態之下，我甚至不肯再同他們點頭，就像我已與他們斷絕了一切關係。當然，這種事情只發生過一次，因為我總是孤獨的，這已是我的常態。

絕大部分時間我留在家裡，看書。我試圖用外來的力量窒息一切不斷在我心中滋擾的東西。而我所具有的唯一方法就是讀書。當然，讀書給我很大的幫助──使我激動，快樂或痛苦。但有些時候，它使我感到可怕的厭倦。那時我什麼都不想，只想活動活動，於是，我投入黑暗的，地下室的，最可厭最卑下的罪惡之中。我的不幸的熱情是銳利的，惱人的，是由我不斷的，病態的易怒性格產生出來的。我的歇斯底里的衝動，流淚，抽筋。除了讀書之外我沒有任何消遣；這是說，我周遭的一切沒有一件東西使我尊敬，沒有一件東西吸引我。同樣，我被沮喪壓得透不過氣來；我神經質地渴望衝突和矛盾，因此我喜歡罪惡。我說這個話並不是要證明自己有道理……不，我在說謊……我就是要證明自己有道理。我說這些話完全是為了對自己有好處，先生，我不要說謊。我發誓不說謊。

於是，到了晚上，我偷偷摸摸的，膽怯的，孤獨的縱情在那種骯髒的罪惡中，心裡從未離開過羞恥感；這種羞恥感即使在最可憎的時刻都不曾離開我，以致使我對它咒罵。在那個時候我心裡就早有了地下室，我極端懼怕被人闖見，被人認出來。我常常出沒在各式各樣曖昧的地方。

有一天晚上，當我走過一家酒店，從透著燈光的窗子裡看到有些先生在裡面用撞球桿打架，有一個被丟到窗子外面來。如果在別的時候我會覺得這是可厭的；不過，在當時我的情緒是如此低沉，以致我嫉妒被丟到窗子外面來的先生──我嫉妒得如此厲害，致使我走進了酒店，走進了撞球間，「或許，」我想，「我會跟他們打一架，然後也被丟出窗子來。」

我並沒有喝醉──可是，除此之外能做什麼？──沮喪把人逼到發瘋的程度。然而，什麼事情也沒發生。似乎我連被扔出窗子也沒有資格。我沒有打架就想走開。

有一個軍官推我。

我進來之後就站在撞球檯旁邊，無意中擋住了通路，他要過去，他抓住我的肩膀一言不發──既不警告也不解釋──把我從原來站著的地方挪開走過去，就像他根本沒有注意到我。我可以原諒別人用拳頭揍我，卻永不原諒把我挪開而竟然沒有注意到我。

鬼知道如果正正派派地吵一架我是多麼高興──譬如說，吵個莊重的，斯文的架。然而，他們把我當做蒼蠅。這個軍官有六呎高，而我卻是紡錘形的矮個子。然而，爭執是握在我手上的，只要我抗拒他，我是必然會被從窗子裡丟出來。但我改變了主意，憤慨地撤退。

我從酒店直接回家，紊亂困擾。第二天晚上我帶著同樣下作的意識，更為卑怯的，又更為不幸地溜了出去，眼中含著淚水——但我還是溜出去。請你不要以為我躲避那個軍官是出於懦弱：我內心裡永遠不曾懦弱過，雖然我的行為總是使我成為一個懦夫。你不要忙著笑——我可以保證能夠向你解釋。

哦！我多麼希望那個軍官是一個肯決鬥的人！可惜，這種人早已不存在了！他只是個用撞球桿打鬥的人，或者像果戈里的彼洛果夫①一樣，訴諸警察的人。他們是不肯決鬥的——並且會以為同我這樣一個平民決鬥是不可想像的事——他們根本把決鬥視為不可能，視為過於放肆，視為法國化的東西。但他們隨時準備著嚇唬人，特別是當他們身高六呎有餘的時候。

我躲開他並不是由於懦弱，而是由於無限的虛榮心，我並不怕他身高六呎，並不怕他好好揍我一頓然後把我丟出窗子；我可以向你擔保我有這種身體上的勇氣。我所缺

①果戈里的小說《涅夫斯基林蔭道》（The Nevsky Prospect）的一個角色。他熱烈地追求一個德國商人的妻子，被商人和他的朋友扔出去。但他並沒有眞正訴諸警察。

乏的是把它實行出來的精神上的勇氣。我所懼怕的是在場的每一個人，從驕橫的記分員到最低下的臭兮兮的、滿臉疙瘩的、戴著油膩膩的衣領的小職員，這些人，當我開始反抗並用斯文的語言爭辯的時候，他們都要開始嘲笑我，不了解我。因為關於面子問題——不是榮譽，而是面子問題——不用斯文的語言是說不出來的。你無法用通俗的語言來談面子問題。我十分確信（這是一種真實感——雖然，我是極其浪漫的）他們要笑破肚皮，而那個軍官不僅是打我，不僅是打我侮辱我，而且，他會用膝蓋踢我的背，把我踢得圍著撞球檯團團轉，然後因為可憐我才把我丟出窗子去。

當然，這件意外對我說來並不就到此為止。此後我在街上常常遇到這位軍官，我很小心地注意他，我不能斷定他認不認得我，我想是不認得，這可以從一些徵記看出來。然而我呢——我惡意地，厭恨地看著他……如此繼續下去好幾年！我對他的怨恨甚至與年俱增。起初我開始偷偷地探尋關於這個軍官的一切事情，這當然是困難的，因為我一個人都不認識。但有一天，當我在街上遠遠跟蹤他，像一根線牽在他背後，這時我聽到有人叫他的綽號——因此，我知道了他的綽號。又有一次我跟蹤到他的公寓，用十個戈比賄賂門房。我知道了他住在哪一層，哪一間，以及他是獨居或有家等等，總之，凡從門房能夠得到的我都得到了。有一天早晨——雖然我從未想過動筆寫什麼東西——我突然想用小說的方式把這個軍官諷刺一下，揭穿他的爛污。我津津有味地寫這篇小說。我確實是揭露了他的爛污，甚至把它加以誇張：最初，我把他的綽號只加一點點改變，以致很容易就認得出來，但稍後我又把它改變多一些，然後我把它送到《祖國紀事》報①。然而在那個時期這種攻擊很不時興，因此我的故事沒有發表。這使我大感惱怒。

有些時候我簡直被怨恨壓得透不過氣來。我決計向我的敵人挑戰作一次決鬥。我給他寫了一封非常漂亮、非常有吸引力的信，要求他向我道歉，很明顯地暗示他如果拒絕，就只有決鬥一途。我那封信寫得如此優美，以致那個軍官如果稍微懂得什麼是「善與美」，他一定會來擁抱我的脖子，獻出他的友情。想想看，那是多麼美妙，我們將如何友好！「他可以用他的階級來保護我，而我呢，我可以用我的學養來改進他的心靈，而且，還有我的理想——以及——其他許多事情都會發生。」但想想看——這已經是他侮辱我兩年之後，不管在信中我如何聰明地偽裝和解釋，我的挑戰仍是何等可笑的時間錯誤！然而，謝謝高特（直到現在我仍舊含著眼淚感謝全能的高特），我沒有把信送給他。每次當我想到把信送給他的後果時，就有一股寒

① *Otechestvenniye Zapiski*，俄國最有名的激進日報，1839年創立。

流通過我的背脊。

完全突然的，我用最簡單的方式為自己復了仇，這完全是天才手法！一個非常精采的念頭在我心裡閃亮起來。假日我經常沿著涅夫斯基①大道有陽光的一邊散步，這總是在下午四點鐘左右。實際上不能說是散步，因為總有這麼多不愉快的屈辱與怨恨發生；然而無可懷疑，這正是我所要的。我總是穿著最不像樣的服裝沿路蠕動，像一條鱔魚，隨時給將軍、衛隊軍官、騎兵軍官或女士們讓路，在這種時候我心裡常常感到絞痛，只要想到我的服飾，我的可憐，我的急忙躲避的、卑下的小個子，就有一股熱從我的背脊湧過。這可以說是徹頭徹尾的殉難，是心理上持續的，不堪忍受的屈辱，它不斷地，直接地使我發生這種感覺：在全世界的眼睛裡我只是一隻蒼蠅，一隻骯髒的、可厭的蒼蠅——當然，我比所有這些人都更聰明，心靈有更高度的發展，情感更為敏銳——然而我是一隻蒼蠅，一隻時時為他人讓路，時時被任何人傷害與污辱的蒼蠅。為什麼我要把這種折磨加在自己身上？為什麼我要去涅夫斯基？我不知道。我只覺得只要有機會我就被吸到那邊去。

這時我已經經驗到第一章所說的那種享樂的湧流。在與軍官的事情發生之後，我更是被吸引到那邊去：在涅夫

①涅夫斯基林蔭道，是聖彼得堡最漂亮的大道，大約三哩長。現改名「十月二十五日林蔭道」。

斯基我可以常常遇見他，我可以在那裡羨慕他。他也是假日常到那邊去。同樣地，他也給更高階的人讓路，他也是像一條鱔魚一樣蠕動，然而，對於像我這樣的人，或者服飾比我還好的人，他就老實不客氣地走過去；他直截了當地衝向他們，好像他們並不是什麼東西，而只是一塊真空，不論任何情況，他是絕對不拐一下彎的。我看著他，幸災樂禍地感覺到自己的憤慨……然而又總是很憤慨地讓路給他。

想到即使在街上我都不能跟他站在平等的地位我就怒不可遏。「為什麼一成不變地，總是你第一個先挪開呢？」在神經質的憤怒中我堅持這樣追問自己，半夜三點鐘醒來後無法再睡。「為什麼是你而不是他？並沒有誰規定你這樣做。讓路一定得平等，像有教養的人們相遇一樣：他讓一半你讓一半；我們互相尊敬地面對面走過去。」

然而這種事情從來沒有發生過，總是我讓開，而他根本沒有注意到我給他讓路，於是乎——想想看！有一個絕妙的念頭在我心裡閃亮起來，我想：「如果我遇到他不給他讓路又怎麼樣？我故意不讓路，即使碰到他身上都不讓路又怎麼樣？他要怎麼辦？」這一個大膽的念頭完全控制了我，以致使我坐立不安。我不斷地，心驚膽顫地夢想著這件事，並且有意地更加常去涅夫斯基，以便更為清楚地描繪，如果事情一旦發生我會怎麼做。我十分高興。這個念頭似乎越來越可以實行。

「當然，我不會真正去撞他，」我想，我已經由於喜樂而變得性情好轉。「我只是不讓開，只是走向他，然後肩碰肩走過去──當然，是在莊重的禮貌所許可的範圍之內。他碰我多少我就碰他多少。」最後我完完全全拿定主意。然而我的準備工作花費了極大的時間。從頭說起，如果要實行這個計畫，我必須看起來更為莊重，因此我必須考慮我的服裝。「如果發生意外，譬如說，這件事被所有的人傳了出去（在那裡走路的人都是最上選的：女伯爵走在那裡；D親王走在那裡；整個的文藝界都走在那裡），我就必須穿得很漂亮，漂亮的衣著激起敬仰，並且衣服本身就可以在社會大眾的眼中使我有一個平等地位。」

為了這個目的我透支了一些薪餉，開始瀏覽巧金商店①，在幾經選擇之後買了一雙黑手套和一頂莊重的帽子。起初我想買檸檬黃的手套，但後來覺得黑色會使我更為尊嚴，更為bon ton（優雅）。「檸檬色太炫眼，好像故意要引人注目的樣子。」於是我就不選檸檬色。老早我已準備了一件像樣的襯衫，帶著一副骨質袖釦；唯一使我傷腦筋的是我的大衣。這件大衣對我來講本來是很合用的──穿起來很暖；但它已經陳舊，而且領子是浣熊皮的，這是最卑俗的一種領子。不論用什麼代價，我務必換一塊看起來

①Costiny Dvor，原係外國商人接待室，後改爲他們的商品展覽處。

與軍官相似的海獺領子。我又開始到巧金商店，幾經選擇我拿起了一塊便宜的德國海獺。這類德國海獺雖然很快就會變得陳舊難看，但一開始是非常漂亮的，而我的目的只不過是用它一次。我問價錢，還是太貴。徹底考慮之後，我決計把浣熊領賣掉，不足的錢——很可觀的一筆——向安東・安東尼區・西托契金貸借；他是我的頂頭上司，雖然嚴肅明智，但不擺架子。他是從不借錢給人的，但是，為我找到這分職業的某位要人曾特別向他推介過我。我其實是極端憂慮，向安東・安東尼區借錢我覺得是笑死人、見不得人的事。我有兩三夜不能入睡；實際上，那一段時期我都睡不好，我陷入一種狂熱之中；我的心不是突然沉下去，就是一直砰，砰，砰跳個不停。安東。安東尼區一開始驚住了，繼而皺眉頭，再而想了想，然後答應借我，要了我一張保單，兩個星期之後從我的薪餉裡扣除我的借款。

於是一切準備妥當。漂亮的海獺皮替換了那塊俗氣的浣熊領。於是我按部就班著手進行。這絕不可輕易從事；計畫要一步步地，很小心地實行。但我不得不承認，在做了許多努力之後我開始感到絕望：我根本就不可能面對面與他相遇。我做了一切準備，我已經十分確定——似乎我們就要面面相碰了——然而，在我未弄清楚自己所做的事情之前，我已經跨到一邊讓路給他，而他走了過去，看都沒有看我一眼。當我走近他的時候，我甚至祈求高特給我決心。有一次我徹底決定了，然而，當我離他只有半呎距離，我突然完全喪失力量，發抖地跌在他腳下；他若無其事地從我身上跨過去，而我像球一樣滾到路邊。這天晚上我再次感到昏熱，錯亂。

但是，這件事情突如其來地，以我認為最快樂的形式做了結束。在我決意取消這致命的計畫前一晚，我最後一次去涅夫斯基，為了要看清楚我將如何放棄這個計畫。突然間，我的敵人就在三步之內，我意外地下了決心——閉起眼睛，全速前進，肩碰肩，互相擦過！我沒有讓他一寸，完全平等互惠！他甚至頭也不回一下，他裝做沒有注意到；然而，他是裝的，他一定是裝的。即使到今天我仍然相信他是裝的！當然，倒楣的還是我——他比我壯；但問題不在這裡。主要是我達到了我的目的，我保持了我的尊嚴，我沒有讓他一步，在大眾，在所有的社會之前，我跟他保持平等！我快快樂樂地回家，覺得報了一切仇，我高興，我勝利了，唱起義大利抒情歌。當然，我用不著告訴你三天之後我的情況。如果你已經看過第一章，你是可以自己去猜想的。那個軍官後來調走了；我這十四年來都沒有再看到過他。這位親愛的朋友現在的情況如何？他現在正從什麼人的身上跨過？

2

然而，放蕩的時期總會過去，然後我開始覺得懺痛、懊惱——我要把它驅散，因為我覺得懊惱也不對。然而一步步地，對於懊惱我也習慣了，慢慢對一切都習慣，或者毋寧說，我自動讓自己忍受它們。不過，我有個逃遁的方法，這個方法可以把一切重新和解——這就是彎入「善與美」的事物裡去；當然，是在夢裡邊。我是一個很可怕的作夢專家。我可以埋在我那小角落裡一連三個月作不完夢。當然，在這個時期我絕不同於大衣上加著德國海獺領子、心像小雞一樣悸跳的人。我突如其來地變成了英雄。六呎高的中尉即使來拜訪我，我都不屑讓他進門。那時在我心裡根本沒有他的影子。至於我作的什麼夢以及我如何從它們獲得滿足，現在說起來很難明白，不過，那時它們確實給我滿足。是的，即使是現在，它們仍然在某種程度上給我滿足。在一段放蕩時期之後，夢想格外甜美而生動；它們同眼淚、詛咒與心曠神怡同來。在夢想中確實有如此狂歡快樂的時刻，以致我可以用名譽保證，它對我絕不具有一點點諷刺意味。在夢中我有信仰，有希望，有愛。在這種時刻我盲目地相信，由於某種奇蹟，某種外在力量，一切都將豁然開朗；然後，突如其來的，一整排適當的行為——有益的，善良的，最主要是現成的（究竟是什麼樣的行為我沒有概念，但最重要的是它必須現成）──自動地出現在我面前，然後我可以在陽光普照之下走出來，幾乎可以說是騎著白馬戴著桂冠。除非最顯赫的地位我絕不肯讓自己屈就，就是為了這個原因，在現實中我甘願處於最低下的地位。要就做一個英雄，要就在泥巴裡搖尾乞憐──沒有中間的。但這毀了我，因為當我在泥巴裡的時候我安慰自己說：有些時候我是英雄；但又因為我是英雄，所以有資格留在泥巴裡，因為，就一個普通人來說，把自己弄髒是很可恥的，但英雄是何等高貴，有誰能把他弄髒呢？因此他只好自己弄髒自己。值得注意的是「善與美」的夢想往往在我最放蕩的時候發作，在我放蕩到底的時候。更且夢想與放蕩分別發芽，好像是提醒我它們的存在，而它們的存在卻並不掃除放蕩。相反，它們的出現是為了增加放蕩的風味，變成了增進胃口的羹湯。這個羹湯是由痛苦、矛盾、折磨人的自我分析所做成，而所有這些刺痛都增加了它的辛辣味，甚至賦予我的放蕩以某種意義──總而言之，它完完全全合乎調味羹湯的用途。在這個裡邊還有更深一層的意義。我絕不肯讓自己投到小職員那種卑俗的、單純的、直接的淫蕩之中，也絕不能忍受那種猥褻污穢。想想看，那種簡單的東西如何能夠迷惑我，把我夜裡拉到街上去？不，我有很高尚的方法把這些混蛋東西統統趕到腦子外面。

啊，高特，在我的夢中，在那些「逃往善與美的境界」之際，我感到自己是何等慈愛！即使這個愛是空想的愛，即使它永不能付諸任何實際人生，然而它所含藏的愛是如此豐富，以致過後根本就沒有想把它付諸實行的欲望。把它付諸實行根本是多餘的。一切都令人非常滿足地以空幻而怠惰的方法轉化到詩的領域裡去，這就是說，轉化為美的、現成的，大量從詩人與小說家偷取出來的東西，可以適合一切需要與用途。譬如說，我戰勝每一個人。每一個人，當然，都被我打到灰塵裡，泥巴裡，而不得不自自然然承認我的優越，於是，所有的人我都原諒。我是一個詩人，一個偉大的君子，我戀愛了；我來到世界是為拯救千千萬萬無以數計的人，我獻身給他們，但在同時我又在一切人之前懺悔我可恥的行為，這些行為並不單純是可恥的，而是包含著許多「善與美」的成分，是曼夫里得①風格的東西。每一個人都要親吻我並且哭泣（否則，他們必是何等的白癡！）而我自己呢？要赤足步行，教化新的觀念，我將對那些蒙昧主義者打一次奧斯特利茲②式的勝仗。於是樂隊要吹奏進行曲，大赦令要頒布，教皇同意從

①拜倫詩劇*Manfred*（1817年）的主角。他被一種神祕的罪惡感所壓迫。

②Brno附近的一個村落，莫拉維亞的首都，現在捷克境內。拿破崙於1805年在此處大敗奧地利與俄國聯軍。

羅馬引退到巴西；於是在戈莫湖①邊的波其村②由要開一個全義大利人一齊參加的舞會，為了這個舞會戈莫湖要搬到羅馬；於是森林裡搭了一座戲台等等，等等——呸！這何必我講，難道你自己想像不到？你會說，灑了這許多懺悔的眼淚之後又搞這些亂七八糟的名堂是可恥的，是卑鄙的。但是，為什麼是卑鄙的？難道你以為我會覺得它可恥？難道你以為你生活中隨便哪件事情都會比它更不愚蠢麼？而且，我可以向你擔保，這些幻想有些編造得並不很壞……它們並非全部發生在戈莫湖。然而，你仍舊是對的，它確實卑鄙可恥。而最為可恥的是：我現在企圖向你證明我自己是對的。而且比這個更更可恥的是我現在說這句話。但是，夠了，不然就永無終止：每一步比前一步更為可恥……

我作夢絕不能一次超過三個月，然後就感到不可抑止的欲望想投入社會。投入社會的意思就是去拜訪我的頂頭上司安東・安東尼區・西托契金。他是我一生中唯一維持長久關係的人，到現在我還為這件事覺得非常奇怪。不過，我去看他是有一定情況的，即是，當我的夢想已經到達如此至福的階段，以致必須立刻擁抱我們同胞，擁抱全人類；為了這個目的，我至少必得有一個人類是真實存在

①在義大利與瑞士邊界。

②在羅馬。

的。然而，我只能在星期二去看安東・安東尼區，因為只有這一天他才在家；因此，我必須時常校正我擁抱人類的熱望，以便使它正好在星期二到達顛峰。

這個安東・安東尼區住在五角街一間樓房的第四層，四間低矮的房子，一間比一間小，看起來特別簡陋。他有兩個女兒，和一個寄居的小姨。女兒一個十三，一個十四，都長著獅子鼻；我對她們極端害羞，因為她們老是一邊嘰嘰咕咕一邊傻笑。這個房子的主人慣常坐在書房的一張皮椅子上，同我們辦公室或其他公司的一些頭髮灰白的人聊天。我從來沒有看到過三個以上的客人，並且每次都是那幾個。他們談正當的義務，參議院①的議程，談薪水，談升遷，談皇帝陛下，以及最能取樂他的方法等等。我有耐心在這些先生旁邊一坐四個小時，像個呆子一樣聽著，不知該說什麼，也不敢說什麼。我變得很茫然，有好幾次我感到汗流浹背，陷入癱瘓。不過，這一切都是愉快的，對我有益的。當我回到家裡，就暫時放棄了擁抱人類的熱望。

另外我還有一個可以說是相識的人，西蒙諾夫，他是我的老同學。實在說，我在彼得堡有不少同學，但我同他們沒有連絡，甚至在街上見了面，也不跟他們點頭。我知道，我要求調到這一個部門來完全是為了避免與他們見

①俄國的參議院那時還不是議事團體，而是高等法院。

面，為了與我可恨的童年斷絕一切的關聯；那所該死的學校以及那些可怕的徒刑歲月！總而言之，一旦我從學校走出來，就立刻與那些同學分離。只有兩三個人在街上我還點頭。其中之一就是西蒙諾夫。他在學校裡沒有任何特殊之點，性格平和；但是我發現他有點獨立性，甚至可說有點誠實。我甚至覺得他並不特別愚蠢。我曾經與他有過一段知心的交往，但沒有多久，很快就蒙上一層陰影。對於這些記憶，他很顯然覺得不快，並且，我猜想，他一直怕我採取以前的調調。我猜想他厭惡我，但我還是繼續去看他，弄不清楚究竟是為什麼。

因此，有一天，由於耐不住寂寞，並且由於是星期四，安東・安東尼區不在家，我就想到了西蒙諾夫。爬到他的四層樓我就想到他根本不喜歡我，我找他是錯的。然而，這種反省像往常一樣，似乎總是故意把我逼入錯誤的立場。我走進去。從上次看到西蒙諾夫到現在幾乎已經一年了。

舒讀網「碼」上看

廣　告　回　信
板橋郵局登記證
板橋廣字第83號
免　貼　郵　票

235-62

新北市中和區中正路800號13樓之3

印刻文學生活雜誌出版有限公司　收

讀者服務部

姓名： ____________ **性別：** □男　□女

郵遞區號： ____________

地址： ____________

電話：（日）____________（夜）____________

傳真： ____________

e-mail： ____________

讀者服務卡

您買的書是：________________________________

生日：　　　年　　　月　　　日

學歷：□國中　　□高中　　□大專　　□研究所（含以上）

職業：□學生　　□軍警公教 □服務業

□工　　□商　　□大衆傳播

□SOHO族　　□學生　　□其他 ____________

購書方式：□門市_____ 書店 □網路書店 □親友贈送 □其他 _____

購書原因：□題材吸引 □價格實在 □力挺作者 □設計新穎

□就愛印刻 □其他 ____________（可複選）

購買日期：______年______月______日

你從哪裡得知本書：□書店 □報紙 □雜誌 □網路 □親友介紹

□DM傳單 □廣播 □電視 □其他

你對本書的評價：（請填代號 1.非常滿意 2.滿意 3.普通 4.不滿意）

書名_____ 内容_____封面設計_____版面設計_____

讀完本書後您覺得：

1.□非常喜歡 2.□喜歡 3.□普通 4.□不喜歡 5.□非常不喜歡

您對於本書建議：

感謝您的惠顧，為了提供更好的服務，請填妥各欄資料，將讀者服務卡直接寄或傳真本社，歡迎加入「印刻文學臉書粉絲專頁」：http://www.facebook.com/YinKeWenXue 和舒讀網(http://www.sudu.cc)，我們將隨時提供最新的出版活動等相關訊息與購書優惠。

讀者服務專線：（02）2228-1626　讀者傳真專線：（02）2228-1598

3

我發覺我的兩個老同學跟他在一起。他們似乎在討論一些重要的事情。而且似乎沒有一個理睬我走進來，這是很奇怪的，因為我已經好多年沒有遇見他們；顯然，他們是把我當做一隻普通蒼蠅看待。即使在學校的時候我都沒有受到這種待遇，儘管他們恨我。當然，我知道，他們現在卑視我是因為我沒有成就，因為我任自已沉陷得那麼低卑，因為我穿著這麼差勁的衣服晃來晃去等等——這些東西在他們看來正表示出我的無能和沒有意義。然而，我確實沒有料到這樣的輕視。西蒙諾夫看到我開門確實吃了一驚。以前他看到我進來也總是顯得吃驚的樣子。這些事情都使我失措：我坐下來，覺得自己很可憐，然後就開始聽他們說話。

他們在熱烈地討論次日如何送別他們的同伴茲瓦可夫。他是一個陸軍軍官，就要調到很遠的地方。這個茲瓦可夫也是我的老同學。在高年班的時候我開始對他特別厭恨起來。低年班時他和大家一樣，只是一個漂亮的，喜歡玩耍的孩子。實際上，在低年班我就恨他，就是因為他漂亮而且喜歡玩耍。他的功課總是很差，並且越來越差。但是畢業的時候他獲得了一張很好的文憑，因為他很有點錢。在學校的最後一年，他繼承了一筆兩百農奴的產業，由於我們學校的學生大都很窮，他就在我們之間大擺架子。他是個極端卑俗的傢伙，但心眼很好，即使擺架子的時候仍然如此。我的那些同學每一個都存著膚淺、空想而偽裝的榮譽感，但卻沒有幾個不在茲瓦可夫面前卑躬曲膝的，他們越是如此，茲瓦可夫越擺架子。他們卑躬曲膝倒不是為了貪圖實利，而是由於茲瓦可夫受到自然的寵愛眷顧。更且，我們大家似乎都覺得他是個社交能手。最後一點特別使我惱怒。我恨他那斷然自信的聲調，恨他對自己俏皮話愚蠢得可怕——雖然他說話時放膽得很。我恨他漂亮而愚蠢的臉（不過，我仍舊甘願用我聰明的臉同他交換），我恨他那四十年代樣式的軍人姿態，恨他談論將來對女人的征服（在他戴上軍官肩章之前他是不敢向女人下手的，這時他很不耐煩地等待那種時刻到來），以及他將不斷地參加的決鬥。有一次，我記得，在課餘的時候，當他像一隻陽光下的狗高興得亂蹦亂叫，說他農莊的村姑，他將一個不留地碰過，說這是他的droit de seigneur ①，如果農夫敢反抗，他就用鞭子抽他們，讓這些鬍子流氓繳兩倍佃租——這時那些奴根性的烏合之眾都對他大為喝采。我雖然一向沉默，這時卻同他大吵起來。我攻擊他並不是出於對村姑的同情，而是因為這些混蛋竟對他這麼一條卑賤的蟲豸喝采。這一次我制勝了他，但是，茲瓦可夫雖然是個呆子，卻很活潑而臉皮夠厚，他大笑一陣算

①主人的權利，即指對所有婦女農奴的權利。

了，結果我並沒有完全勝利，因為笑的是他。後來他贏了我好幾次，但都不是惡意的，而只是玩笑式的，無意的。我保持憤怒的、輕視的沉默，什麼都不回答。當我們離開學校的時候，他想辦法接近我；我並不拒絕，因為我覺得被他阿諛了。但不久我們就分開，很自然的。後來我聽說他軍官當得很好，升了中尉，以及荒唐的生活。後來又有一些謠傳，說他服役非常成功等等。然後他在街上開始迴避我，我猜想他是害怕跟我這樣一個人打招呼丟了他的臉。有一次我在戲院看到他，坐在第三排包廂。但那時他已佩了肩穗，他在一個老將軍的幾個女兒之間周旋著，巴結她們。雖然只有三年不見，他卻已經走了樣子——儘管他還漂亮伶俐。從這裡可以看出來，不到三十歲的他就會發胖。現在，我的同學討論要餞別的就是這個茲瓦可夫。這三年來他們與他都保持連繫。不過我確信他們私下裡沒有一個覺得自己跟他是平等的。

西蒙諾夫的兩個客人，一個是菲弗契金，是個俄國化的德人，瘦小的個子，猴子臉，對任何人都加以嘲弄的呆瓜。他卑俗，驕橫，裝臭架子，對個人的榮譽裝作很敏感，實際上是個懦夫。從低年班他就是我最厭惡的敵人。他是為了實利而崇敬茲瓦可夫的傢伙之一，他常常向他借錢。西蒙諾夫的另一個客人，屠杜留布夫，是個一點都不悅目的傢伙，他個子高，當兵，冷冷的臉，相當誠實——雖然他崇拜一切形式的成功，自己卻絕無成功的可能，他根本不能升遷。他可以算是茲瓦可夫的一個遠親，而這個，說起來雖然荒唐，卻使他在我們同學之間具有了某種重要性。他認為我沒什麼，他對我的態度雖然不算很禮貌，卻還過得去。

「好吧！每人七個盧布，」屠杜留布夫說，「我們三個加起來二十一個盧布，我們一定可以吃一頓好菜。當然，茲瓦可夫不必付錢。」

「當然不，是我們邀請他。」西蒙諾夫說。

「你們以為……」菲弗契金熱烈地逞能插嘴，像是一個奴才在吹噓他主人得過多少勳章，「你們以為茲瓦可夫會讓我們單獨出錢嗎？為了風度他當然會接受，但他會吩咐他們拿半打香檳來。」

「我們四個人怎麼喝得了半打？」屠杜留布夫說，注意力只集中在半打。

「那麼我們三個，加上茲瓦可夫一共四個，二十一個盧布，明天五點鐘在巴黎酒店見面。」西蒙諾夫，這個會議的召集人，作了最後的決定。

「怎麼會是二十一個盧布？」我激動的，有些被觸怒的說：「如果你們把我算計在內就不是二十一個盧布，而是二十八個。」

在我覺得，這樣突如其來地，出乎意料地把自己也算進去是一件很得體的事情，他們一定立刻被我的盛情征服，會用尊敬的眼光看我。

「你也要參加？」西蒙諾夫說，臉上沒有一點高興的表情，眼睛避免看我。他對於我從裡到外清清楚楚。他這樣清楚我使我憤怒。

「為什麼不？我也是他的老同學，如果你們不讓我參加，我相信，我一定覺得受到傷害。」我變得怒不可遏。

「我們到那裡去找你？」菲弗契金很不客氣地插嘴。

「你同玆瓦可夫的關係從來沒有搞好。」屠杜留布夫皺著眉頭加上一句。

但我已經打定主意，無論如何絕不退讓。

「我覺得似乎沒有一個人有權利講這種話，」我沙啞地回嘴，「或許正因為我沒有經常跟他維持很好的關係，才想參加給他餞別。」

「啊，既有這麼好的理由，我們當然不能不讓你參加。」屠杜留布夫訕笑著。

「我們把你的名字算上去，」西蒙諾夫作了決定，對我說。「明天五點在巴黎酒店。」

「錢怎麼辦？」菲弗契金咕噥著，指著我對西蒙諾夫說，但說了一半就止住了，因為連西蒙諾夫都覺得尷尬起來。

「就這樣吧！」屠杜留布夫說，站起來，「如果他那麼喜歡來，就讓他來好了。」

「然而這是一個私人宴會，是朋友之間的，並不是公開宴會。」菲弗契金很彆扭地說，也拿起帽子。

「可能我們根本不要舉行什麼宴會……」

他們都走了。菲弗契金走的時候根本沒有理睬我，屠杜留布夫只點點頭。現在我同西蒙諾夫單獨面對面站著，他很惱怒，很困惑，奇怪地盯住我，自己既不坐下，也不請我坐下。

「嗯……那麼……就明天。你現在要付那一分錢嗎？當然，我只是想問問。」他很尷尬地咕噥著。

我的臉變得紫紅，這時我想到我還欠西蒙諾夫十五個盧布，已經好幾年沒有還他——實際上，這件事我永遠沒有忘記過。

「你可以想得到，西蒙諾夫，我來的時候並沒有想到這件事……我非常抱歉我忘了……」

「算了，算了，沒什麼關係。你明天飯後再付錢。我只是想問問……請你不要……」

他把話中斷，開始惱怒地在屋子裡踱來踱去。走路的時候他用腳跟跺著地板。

「我是不是在耽誤你？」沉默了兩分鐘我這樣問。

「哦！」他有點吃驚，「老實說，確實是的。我要去看一個人，不很遠。」他又用道歉的音調加了一句，感到有點不好意思。

「我的老天，那你為什麼不說呢？」我大聲叫喊，抓起帽子，裝出驚人的爽朗。這是我能期望自己做到的最後一件事。

「很近的……沒有兩步，」西蒙諾夫重複說，以一種與他根本不相合的大驚小怪的樣子，把我送到門口。「那麼就明天五點鐘，準時。」我一邊下樓他一邊叫。把我趕走他非常高興。想到這裡我一肚子憤恨。

「是什麼鬼附著了我，是什麼鬼叫我跟他們纏在一起？」我非常不解，走在街上咬牙切齒。「為了像玆瓦可夫這樣一個流氓，這樣一隻豬！當然，我最好不去！當然，我只是要作弄他們，我不受任何約束。明天我要寄一封信給西蒙諾夫。……」

但使我憤怒的是我知道我一定會去，我一定會找理由去；越是不應該去，我越是會去。

但有一件實際的阻礙：我沒有錢。我現有全部的錢是九個盧布，七個要給我的傭人阿坡龍做月薪。這是我給他的全部待遇，他要靠此維生。

不給他是不可能的，這與他的性格有關。但是關於這個傢伙，這個我的瘟神，另一個時間再談。

然而，我知道我一定去，並且一定不能把薪俸給阿坡龍。

這一夜我作了許多可怕的夢。這沒有什麼奇怪；因為整個晚上我都被學生時期種種不幸的記憶壓迫著，無法把它們驅散。我是由幾個遠親送到學校的，我靠他們維生，但此後再沒有聽到任何關於他們的消息。我進學校的時侯是一個絕望的、沉默的，已經被他們的責罵壓碎的、被疑心所困擾的孩子，我用比獸類更戒慎的眼光看待每一個人。我的同學則利用惡意的、無情的嘲弄回報我，因為我與他們沒有一個相同。我受不了他們的嘲弄，因為我沒有辦法像他們互相之間一樣卑鄙地忍讓。我同他們所有人隔離，把自己封閉在卑怯的、受傷的、不相稱的驕傲之中；他們的粗俗使我厭惡。他們譏笑我的臉，譏笑我笨拙的體形，然而，他們自己的臉是何等愚蠢！在我們學校裡，孩子們的臉似乎特別往愚蠢的方向發展。多少孩子進來的時候漂漂亮亮！但沒有幾日就可厭得令人不能忍受。即使才十六歲，我對他們已經非常驚奇；他們的思想是何等可憐，他們追求的目標，他們的遊戲，他們的談話是何等愚蠢。他們對於有重要意義的事情，可以說既無興趣也無絲毫了解，以致我無法不以為他們比我低下。使我得到這個結論的並不是我受傷的虛榮心，而且，為了高特的名義，請你不要把你陳腔濫調的評語加在我身上，一說再說，說到作嘔地認為「我只是一個夢想家」，而他們懂得生活。他們什麼都不懂，對於生活一點觀念都沒有；我可以發誓，這使我對他們最憤怒的原因。因為，明明白白是現實的東西，他們卻會用最愚蠢的空想去接受；更且，甚至在那個年齡，他們已經開始對於成功存著敬仰。不管如何正當的事情，只要是受壓迫的，被別人輕視的，他們就無恥地、毫無人性地加以譏笑，他們把階級認作是智慧；即使才十六歲，他們已經在談論舒適的職位。當然這主要是由於童年和幼年時被壞榜樣所包圍。他們是徹底敗壞的東西。當然，這大部分也是由於膚淺的、矯作的、玩世不恭的態度；他們的腐敗中並非完全喪失青春氣息，但他們的青春沒有吸引力，只顯得輕浮放蕩。我對他們恨得可怕——儘管我可能是他們之中最壞的一個。他們以同樣的態度回報我，毫不掩飾對我的厭惡。然而，那個時候我根本不希望他們喜歡我；相反，我持續不斷地渴望污辱他們。為了逃避他們的輕視，我開始著意在功課上努力，並用盡我所有的力量。這給了他們強烈的印象。更且，他們每個人也都逐漸開始了解，我早已念過許多他們沒有一個念得懂的書，並且懂得許多（與我們學的課程無關的）他們聽都沒聽過的東西。對於我這些特點報以憤恨譏諷的態度，但心理上顯然感受壓迫，特別是當我這方面的特點引起老師注意之後。譏笑終止了，但敵意仍舊存在，而又冷又緊張的關係在我們之間變成了永恆性的東西。最後我無法忍耐，因為對於社會生活，對於朋友的渴望隨我的年齡俱增。我試圖與某些同學建立友善關係，但總是很不自然，而且很快就中斷。確實，有一次我真的交了一個朋友。然而那時我心理上已是一個暴君；我要在他身上施展我無限制的操縱欲；我試圖灌輸他一個念頭，叫他輕視他周遭的一切；我要求他與周遭的一切斷絕關係。我用我強烈的熱情嚇壞了他；我使得他流淚，變得歇斯底里。他是一個單純而忠誠的人；然而，當他完完全全對我效忠之後，我立即開始恨他，開始排拒他——就好像我對他唯一的目的只是贏取他，使他屈服。然而，我不能使他們所有的人屈服；我的朋友實際上也只是一個少有的例外。離開學校之後，我第一件事就是放棄分配給我的職位，以便斷絕一切關連，咒詛我的過去，並且跺掉我腳上的灰塵……但天曉得，既然是這個樣子，我為什麼還拖著步子去看什麼西蒙諾夫。

第二天早晨我從床上跳起來，很激動，好像有什麼事情立刻就要發生。我覺得我的生命就要起根本的變化，而且就在當天！任何外在的事情，不論是何等瑣細，總是使我感到生命中根本的變化就要發生，這或許是因為我生活中的變化過於稀少。然而，我還是照常去辦公室，只不過比平常早兩個鐘頭溜回家，以便一切準備就緒。但最重要的是不能第一個到達酒店，不然他們會以為我太喜歡去了。然而值得考慮的重要事件幾乎千條萬條，而所有這些事情都使我激動得透不過氣來。我第二度把靴子擦亮——即使發生天大的事情，阿坡龍都絕不肯一天給我擦兩次靴子，他覺得那超出他的服務範圍，我小心翼翼把鞋刷子從走道上偷出來，不讓他知道，免得他輕視我。然後我一分一寸地查看我的衣服，覺得每一件都又髒又舊。我把自己搞得太邋遢了。或許我的制服還算整潔，但我總不能穿制服去吃飯！最糟的是我的褲子靠近膝蓋的地方有一大塊黃斑，我老早就知道，這塊黃斑把我整個的尊嚴剝奪了十分之九，再者，我也知道，我有這種意識是很糟的。「但是現在沒有時間多作考慮了，我得面對現實。」我這樣想，心突然沉下去。但是，我也完全知道，我把事情想得過分誇張。但我又有什麼辦法？我沒有辦法控制自己，而且我已經焚燒得四分五裂。我絕望地想像著「流氓」茲瓦可夫會用什麼樣輕視與冷漠的態度來對待我；屠杜留布夫這個呆子會用何等愚蠢的，令我無法抵抗的瞧不起的眼光來看我；菲弗契金這個蟲豸會用何等驕橫的粗俗對我恥笑，以便討好茲瓦可夫；而西蒙諾夫把這些完完全全看在眼裡，他為了我的虛榮與愚蠢會何等卑視我！——而最糟的，最壞的，這一切都是何等平常，何等俗庸，何等地不斯文。不用說，我最好是不去。但這是最最不可能的；如果我感覺到要做任何事情，我就等於被硬塞進去非做不可，不然我會訕笑自己說：「你怕是嗎？你怕真正的事情！」另一方面，我強烈地渴望向這些「烏合之眾」顯示，我絕不是他們所想像的那種沒有出息的人。更且，在這種懦弱的焚熱發作得最強烈的時候，我甚至夢想要制服他們，統御他們，引導他們，使他們喜歡我——僅僅為了我「思想的提升力以及絕不錯誤的智慧」，他們將拋下茲瓦可夫；當我使他挫敗之後，他只能默默地，羞辱地坐在一旁。然後，我們可能會和解，舉杯慶祝我們永恆的友誼。但是，最辛辣，最使我感到屈辱的是即使在這種時候，我仍舊完全清楚我根本不需要這些東西，我根本不要戰勝他們，吸引他們，我根本不在乎這些結果，即使我真正獲得它們。啊，我是何等希望這件事情趕快過去！在無法言說的痛苦之中我走到窗邊，打開玻璃窗，看著外面不安的黑暗，濃重潮濕的落雪。終於我那座可憐的鬧鐘嘶嘶地敲了五下。我抓起帽子，裝作沒有看到阿坡龍——這整天他都在等待月薪，但是由於他的頑愚，他不肯第一個開口——從他和門之間溜出去，跳上一輛耗盡我最後一個盧布租來的高級雪橇，大模大樣駛到巴黎酒店。

4

前一天，我就確定會第一個到達酒店。但問題不在第一個到達——他們不僅還沒有來，而且我根本找不到那一間餐廳。桌子還沒有支起來。這是什麼意思？拐彎抹角問了一大堆，我才從侍者那裡得到答案：他們吩咐晚餐改為六點。我羞恥得無法再問下去。那時只有五點三十五分。如果他們要改變進餐的時間，至少也該通知我——這就是郵差的功用——免得我在自己的眼中，甚至在侍者的眼中變得處境荒謬。我坐下來，服務生開始把桌子支好，他在我面前使我感到更是屈辱。快到六點鐘的時候，他們把蠟燭拿進來，儘管原來屋子裡已經有燈。但奇怪的是侍者並不在我到達之後立刻拿進來。另一間屋子有兩個滿面怒容的人，各自坐一張桌子在吃飯。稍遠的幾個房間裡傳出喧鬧、甚至大喊大叫的聲音。我可以聽到一大堆人的笑聲，以及放蕩的小聲尖叫；有女人們在那邊進餐。這些聲音事實上聽起來很不舒服。我幾乎從未經歷過比這更不愉快的時刻——我是如此不愉快，以致當六點正他們一起到達的時候，我大喜過望，把他們當作救星，而忘了我應當向他們表示的是憤怒。

茲瓦可夫領頭走進來；顯然他是他們的首領。他和他們每個人都在談笑；但是看到了我，茲瓦可夫把臉收斂一下，慢條斯理地走近我，微微地，用一種很派頭的樣子彎了彎腰。他用一種友善的，但又不過分友善的態度同我握手，帶著將軍般有分寸的禮貌，似乎他把手給我只是為辦完一件事情。在我的想像中，他會一走進來就發出他那習慣性的乾澀、尖利的笑聲，然後開始他枯燥、愚蠢的笑話與嘲弄。前一天我就準備著這種情況的發生，但我絕未預期到這樣的文雅，這樣高度官式的禮貌。如此看來，他是覺得自己無可衡量地在每一點上都比我優越！如果他只是想用高度官式的格調來侮辱我，那還沒有什麼關係，因為我可以找一種方法對付他。但是，如果事實上這個混蛋根本沒有任何意思觸怒我，他只是從心底覺得比我優越，因之不能不用一種垂顧的方式看待我，我怎麼辦呢？這一個念頭逼得我喘不過氣來。

「我聽說你渴望參加這次聚會很感驚訝，」他開始大著舌頭，慢聲慢氣（這是他以前沒有的）地說。「你同我似乎很隔閡。你羞於同我們為伍。這可以不必。我們並不如你想像的那麼可怕。好啦，這些不必談，我十分高興重建我們的友誼。」

他很隨便地轉過身去，把帽子放在窗檯上。

「你已經久等了嗎？」屠杜留布夫問我。

「我按照你們昨天告訴我的五點鐘來的。」我帶著將要爆裂的憤怒，大聲地說。

「你沒有讓他知道我們已經改了時間？」屠杜留布夫問西蒙諾夫。

「沒有，我沒有，忘記了。」後者回答，沒有一點悔意，甚至沒有一點對我道歉的意思，就跑去吩咐侍者先拿小菜。

「這樣說來你已經等了足足一個小時！可憐的傢伙！」茲瓦可夫諷刺地大叫起來，因為在他腦筋裡，這簡直是十足的笑料。菲弗契金這個流氓像一隻狗一般傻笑起來。我的處境在他看來無疑也是極端滑稽而令人尷尬的。

「這根本不好笑！」我對菲弗契金吼道，越來越為惱怒。「這並不是我的錯，這是別人的錯。他們疏忽了通知我……這是……這根本是荒唐。」

「這不僅是荒唐，而且比荒唐更荒唐，」屠杜留布夫低聲說，純真地為我辯護。「你不應該受這個難堪。這根本就是粗魯——當然，是無心的。西蒙諾夫怎麼會……嗯？」

「如果有人跟我耍這個鬼計，」菲弗契金說，「我會……」

「你應該先叫一些東西自己吃，」茲瓦可夫打斷他的話。「或者根本就可以自己進晚餐，不必等我們。」

「請你弄清楚，即使不得到你的惠允，我要自己叫菜還是會自己叫的，」我嚴厲地說。「如果我等，那是因為……」

「我們大家請坐，先生們，」西蒙諾夫走進來，大聲說。「什麼都準備好了，我可以保證，香檳是徹底冰過的……你知道，我並不曉得你的地址，我到哪裡去通知你？」他突然轉過身子對我，但還是避免看我。顯然他有不滿意我的地方，那必是由於昨天發生的那些事情。

大家都坐下來了，我也坐下。那是一張圓桌，屠杜留布夫在我左邊，西蒙諾夫在右邊。茲瓦可夫在對面，坐在菲弗契金和屠杜留布夫的中間。

「告訴我，你是不是……在一個政府機關做事？」茲瓦可夫繼續關心我。由於我的處境這樣難堪，他真正覺得該對我友善一些，或者說，想把我哄得快樂一點。

「他是不是想叫我用瓶子砸他頭？」我想，陷於憤怒。在這新處境之中，我很乖戾地容易惱怒。

「在N——機關，」我痙攣地回答，眼睛看著盤子。

「你現在的職一日位很舒一烏服嗎？什麼原因使你離一衣開原來的工一翁作？」

「使我離一衣開的原因是我想離一衣開它。」我比他聲音拖得更長，已經很難控制自己。菲弗契金暴笑出來。西蒙諾夫諷刺地冷冷看我。屠杜留布夫停住了吃東西的嘴巴，好奇地向我注視。

茲瓦可夫閃縮了一下，但裝作沒有注意。

「那麼俸酬呢？」

「什麼俸酬？」

「我的意思是說你的薪水。」

「你為什麼盤問我？」然而，我還是立刻告訴了他。

我的臉紫紅。

「可以說並不是十分好。」茲瓦可夫莊重地說。

「是的，靠這點薪水你實在犯不著到這種酒店來花錢。」菲弗契金很驕橫地說。

「在我看來確實有點可憐。」屠杜留布夫沉重地插嘴。

「啊，你瘦得太多了！你變得好厲害！」茲瓦可夫加上一句，聲音裡含著毒針，用眼睛上下打量我和我的衣服，顯露著一種高傲的同情。

「算了，少讓他臉紅吧！」菲弗契金叫著，吃吃地笑。

「我的好先生，請准許我告訴你，我根本沒有臉紅，」我終於爆發出來：「你聽到嗎？現在我就在這裡，這個酒店，用我自己的錢，不是用別人的——這一點請你注意，菲弗契金先生。」

「怎—嗯麼？難道別人就不是用自己的錢？我看你似乎有點……」菲弗契金把臉衝向我，紅得像隻大龍蝦，憤怒地看著我的臉。

「怎—麼？這—厄麼，」我回腔，感覺到自己越來越過火，「我覺得我們講話該有腦筋一點。」

「我想大概你是很想在我們面前顯示顯示你的腦筋吧！」

「你不要庸人自擾了，這裡不是地方！」

「你怎麼會變得這樣刺刺不休，呃，我的好先生？是不是你在辦公室被逼出神經病來了？」

「夠了，先生們，夠了！」茲瓦可夫權威地大叫。

「多麼愚蠢！」西蒙諾夫低聲說。

「確實是愚蠢。我們幾個朋友聚在這裡，是為了餞別一個夥伴，但是你卻把它弄成一場爭吵，」屠杜留布夫粗魯地單獨對我說。「是你自己要來參加的，因此請你不要打擾大家的和諧。」

「夠了，夠了！」茲瓦可夫大叫。「不要再講，這裡不是地方。現在我最好還是論說前天差點結婚的事……」

於是這位先生把他兩天以前差點結婚的事做了一番可笑的描述，然而關於結婚卻一字未提，只是故事中裝飾了一大堆將軍、上校以及侍從，而茲瓦可夫幾乎站在他們的領導地位。故事講完了，大家都讚賞大笑，而菲弗契金更是尖叫起來。沒有一個人注意我，我坐在那裡感到被壓碎被屈辱。

「我的天，他們絕不是我的同類，」我想。「我把自己在他們面前弄成什麼樣的傻瓜！但是，我太任菲弗契金放肆了。這些畜生竟然以為讓我參加是他們給我的一項榮譽。他們不了解這是給他們的榮譽，不是給我的！我瘦了！我的衣服！啊，我該死的褲子！茲瓦可夫一定走進來就注意到我膝蓋上那塊黃斑……但那有什麼用！我必須立刻走，這一分鐘就走，拿起我的帽子，直截了當地，一句話都不說，輕藐地走出去！明天送一封決鬥書。這些惡棍！好像我在乎七個盧布似的。他們會以為……混蛋！我才不在乎七個盧布。我現在就走！」

當然，我還是留下來。困窘地大杯大杯疾飲雪莉酒和拉菲特酒。由於不習慣，未久我即感到醉意。當酒氣衝上頭部，我的惱怒就更為增加。我渴望立刻用最醜惡的方式侮辱他們所有的人，然後立即走開。我要抓住時機並顯示出我的能力，這樣他們就會說，「他雖然荒唐，但很聰明，」並且……並且……總而言之，他們都該死！

我用惺忪的醉眼驕橫地打量他們每一個人。但是，他們似乎已經完全把我忘記。他們嘈雜，吆喝，高興。茲瓦可夫從頭至尾都在講話。我開始聽。茲瓦可夫正在講他如何獲得一個豐美女人的垂青（當然，他像驢一樣在撒謊），以及為了這件事情他的密友──高拉親王，輕騎兵軍官，三千農奴的擁有者──如何給他幫助。

「然而這個擁有三千農奴的高拉今天卻沒有來跟你餞別。」我突然切斷他的話。

有一刻的時間，誰都沒有講話。「你已經喝醉了，」屠杜留布夫終於忍辱地注意到我，以輕睥的眼光向我這邊看。茲瓦可夫沒有說一句話，只是一直細細地看我，好像我是一隻蟲豸。我把眼睛垂下來。西蒙諾夫急急忙忙把各人的杯子注滿香檳。

屠杜留布夫把杯子向每個人舉一舉，就是我除外。

「祝你健康愉快，一路順風！」他對茲瓦可夫大叫。「為我們的往日，為我們的未來歡呼！」他們都把酒杯乾了，然後圍著茲瓦可夫親吻。我沒有動。我的杯子放在面前碰都沒碰一下。

「怎麼搞的，你為什麼不喝？」屠杜留布夫吼叫起來，失去了耐性，惡毒地看我。

「我要自己講幾句話，講我自己的意思……然後我喝酒，屠杜留布夫先生。」

「可惡的畜生！」西蒙諾夫咕噥著。我在椅子上把身子拉直一下，興奮地抓住了杯子，準備說一些特別的話——儘管我並不確切知道究竟要說什麼。

「不要講話！」菲弗契金叫道。「讓我們看一下智慧表演。」

茲瓦可夫很沉重地等待著，知道要發生的是什麼事情。

「茲瓦可夫中尉先生，」我開始。「讓我告訴你，我恨漂亮的句子，我恨玩弄漂亮句子的人，恨穿女人胸衣的男人……這是第一點，接著還有第二點。」

整個宴席發生了一陣騷動。

「第二點是，我恨猥褻話，恨說猥褻話的人。特別是說猥褻話的人！第三點，我愛正義、真理和誠實。」我幾乎是機械式地說下去，我自己因為害怕開始顫抖，我想不到自己怎麼會說這些話。「我愛思想，茲瓦可夫先生，我愛真摯的友情，平等的，而不是……嗯，我愛……不過，這有什麼關係？我要為你的健康乾杯，茲瓦可夫先生。儘管誘惑色卡西亞①女孩子，為祖國殺敵，並且……祝你健康，茲瓦可夫先生！」

茲瓦可夫從座位上站起來，向我鞠躬說：「非常感謝你。」他已被我極度地激怒，臉變得蒼白。

「該死的東西！」屠杜留布夫咕噥著，把拳頭放在桌面上。

「他臉上該挨一頓老拳。」菲弗契金尖叫。

「我們必須轟他出去。」西蒙諾夫咕噥著。

「什麼都不要說。什麼都不要做，先生們！」茲瓦可夫莊嚴地說，壓制大家的憤怒。「謝謝你們大家，但是他的話有幾兩重，我自己心裡有數。」

「菲弗契金先生，你剛才的話，希望你明天給我滿意的答覆！」我尊嚴地，大聲地對菲弗契金說。

「你的意思是決鬥嗎？當然可以。」他回答。但我向他挑戰的樣子或許太滑稽，並且似乎與我的表情那麼不相和，以致每一個人，包括菲弗契金在內，都笑彎了腰。

「不必管他，他已經喝醉了。」屠杜留布夫帶著厭惡的聲音說。

①Circassia，高加索人的一支，以身體美著名。體高，棕眼，頭髮栗色，臉型橢圓。

「我讓他參加是不可原諒的錯誤。」西蒙諾夫再一次咕噥。

「現在是用瓶子砸他們頭的時候了，」我想。我把瓶子拿起來……注滿酒杯。「不，我的朋友們，我最好是坐到底，」我繼續想：「如果我走開，是正中你們下懷。我絕不幹這種事。我要繼續喝酒，繼續坐下去，故意地，表示我根本不把你們放在眼裡。我要繼續坐下去，繼續喝酒，因為這是公共場所，而我付自己的賬。我要坐在這裡喝酒，因為我把你們看成卒子，木頭做的卒子。我要坐在這裡喝……如果我高興，還要唱歌，是的，唱歌，我有權利……唱歌……哼……」

但是我沒有唱，只是試圖不看他們任何一個。我裝出最不開心的樣子，心裡卻焦急地等待他們先開口。但是，可憐，他們根本不對我說話。啊，就在那一刻，我是何等希望與他們和解！鐘敲八點，鐘敲九點。他們挪到沙發。茲瓦可夫癱在一張躺椅上，一隻腳搭著一張小圓桌。酒拿到他們那裡。他真的自己出錢買了三瓶。當然，我未被邀請。他們都圍著他坐在沙發上，傾聽他講話，幾乎帶著一些敵意。很明顯地，他們喜歡他。「為什麼？」我奇怪地自問。他們一再一再發酒瘋，互相擁吻。他們談論高加索，談熱情的本質，談舒適的職位，談一個他們不認識的叫做鮑得卡茲也夫斯基的輕騎兵，因他收入的豐富而大聲歡呼，談一個他們從沒見過的公主的優雅與漂亮，最後談到莎士比亞的不朽。

我輕蔑地笑起來，在屋子的另一邊，在壁爐和桌子之間踱來踱去。我用盡一切努力向他們顯示，沒有他們，我照樣待下去，然後我又有意地用我的靴子發出噪音，用靴子後跟把地板踏得登登響。然而一切都徒然。他們根本不看我一眼。我有足夠的耐心在他們面前走來走去，從桌子走到壁爐，再從壁爐走回桌子，從八點一直到十一點。「我走來走去是為自己高興，沒有一個人有權阻止我。」侍者每次走進屋子都停下腳步看我。這樣轉來轉去，我的頭有點暈眩，有時候感到自己似乎神經錯亂了。在這三個鐘頭裡，我的衣服汗濕三次，又乾了三次。有很多時候，我帶著濃重的、苛烈的錐痛想到這個屈辱，這個我生命中最骯髒、最可笑的屈辱，我知道即使十年以後，二十年以後，四十年以後，我仍舊會滿懷厭恨地記得它。沒有一個人比我更無恥地貶低過自己，這是我完全知道的，我完全知道，但我仍舊走來走去，繼續在桌子與壁爐之間走來走去。「啊，但願你們知道我有何等的思想與情感，但願你們知道我有何等的教養！」時時我這樣想，心裡對著坐在沙發那邊的敵人說話。但是我的敵人們大談大笑，似乎屋子裡根本沒有我。有一次——只這一次——當茲瓦可夫談到莎士比亞的時候，他們轉過身來看看我，我就突然輕鄙地大笑起來。我笑得如此不自然，如此可厭，以致他們一起中斷了談話，有兩分鐘的時間沉重地看著我在桌子與壁爐之間走來走去，我一點也不留意他們。然而，這並未產生任何效果。他們什麼話也不講，而兩分鐘之後，他們又不再注意我。鐘敲十一點。

「朋友們，」茲瓦可夫從沙發裡站起來大聲說，「我們現在就去吧！到那個地方！」

「當然，當然，」另外三個都附和著說。我激動地走到茲瓦可夫面前。我已經如此受盡折磨，如此筋疲力竭，即使把我的喉嚨割斷，我也要做一個結束。我很熱，汗浸透了我的頭髮，貼在我的前額和太陽穴上。

「茲瓦可夫，請你原諒，」我突如其來地，有決心地說。「菲弗契金，你也是，你們每一位都是，每一位：我侮辱了你們大家！」

「啊，你不敢決鬥是吧！老頭子！」菲弗契金惡毒地，從牙縫裡說。

這使我的心劇烈地錐痛。

「不是，我怕的並不是決鬥，菲弗契金！我已經準備好明天同你決鬥，但是要在我們和解之後。我堅持和解，這是你不能拒絕的。我會叫你明白我不怕決鬥。你先射擊，然後我對空開槍。」

「他在自我安慰。」西蒙諾夫說。

「他根本昏了頭。」屠杜留布夫盯著我。

「請你讓我們過去好嗎？你為什麼擋著我們的路呢？你到底想要什麼？」茲瓦可夫卑視地說。

他們的臉都是緋紅的，他們的眼睛都發亮：他們已經酩酊大醉。

「我要你的友誼，茲瓦可夫。我侮辱了你，但是……」

「侮辱？你侮辱了我？先生，請你了解，在任何狀況之下，你都不可能侮辱我。」

「這總夠了吧！讓開！」屠杜留布夫說。

「奧林庇亞是我的，朋友們，同意吧！她是我的！」茲瓦可夫大叫。

「我們不跟你爭，我們不跟你爭。」其餘的人大笑回答。

我站在那裡就似乎被口水吐在臉上。這一堆人喧鬧地走出屋子。屠杜留布夫哼起一支愚蠢的歌。西蒙諾夫留在後面給侍者小費。我突然走到他身邊。

「西蒙諾夫！給我六個盧布！」我以致死的決心說。

他以極端的驚懼呆呆看我，眼睛空洞無神。他也喝醉了。

「你不是要跟我們一起去吧！」

「要。」

「我沒有錢。」他斷然說，然後帶著輕鄙的笑聲走出屋子。

我抓住他的大衣。這是一種夢魘。

「西蒙諾夫，我看到你有錢。你為什麼不給我？我是流氓嗎？拒絕我要小心點：你知道我為什麼要錢嗎？我整個的將來，我整個的計畫都寄託在上面！」

西蒙諾夫把錢抽出來，丟給我。

「拿去，如果你沒有廉恥！」他無情地說，然後跑去追上他們。

一時只剩下我一個。紊亂，酒菜殘屑，地上的破酒瓶，潑灑的酒，菸蒂，從胃裡衝上來的酒氣以及腦子裡的狂亂在我心中造成不幸、苦痛的紐結；最後還有那個聽到一切看到一切的侍者，不解地看著我的神情。

「我要到那裡去！」我吼著。「要不就是他們一起跪下來求我做朋友，要不就是我的耳光打在茲瓦可夫臉上！」

5

「這是真實的生活，我終於接觸了真實生活，」當我急忙衝下樓時，我這樣咕噥著。「這與教皇離開羅馬搬到巴西完全不是一回事，與戈莫湖舞會也完全不是一回事。」

「如果你現在笑這件事，你就是個混蛋！」這個念頭從我心中閃過。

「笑也沒有關係！」我大叫，自問自答。「現在一切都完了！」沒有他們的蹤跡。但這沒有什麼關係——我知道他們到哪裡去。

臺階上站著一個雪橇夫，穿著粗糙的農人外套，滿身落著下個不停、濕濕的、似乎是暖暖的雪。天氣很悶。那匹小小的粗毛斑紋馬身上也鋪滿了雪，在喘氣。這些我記得非常清楚。我衝向那粗俗的馬車——但是，當我要邁上去的時候，西蒙諾夫給我六個盧布的表情突然在面前出現，使我劇痛得揉成一團，像沙袋般倒在座椅上。

「為了復仇，我花費的代價多麼可怕，」我叫道。「但是我必須復仇，不然今晚就死在那裡。開車！」

我們啟程。我腦子裡是天昏地黑。

「他們不會跪下來求我做朋友。這是一種蜃樓，不值錢的蜃樓，噁心的，浪漫的，空幻的蜃樓——正像戈莫湖的舞會一樣。那麼我就必得打茲瓦可夫的臉了！這是我的義務。這是定了的。我現在要飛去打他的臉，快馬加鞭！」雪橇夫拚命趕馬。

「我到了立刻就打他。在打他之前要不要講幾句話做開場白？不要！我簡簡單單走進去就打他。那時他們都坐在接待室，奧林庇亞在沙發上坐在他身邊。該死的奧林庇亞！有一次她竟然嘲笑我的模樣，並且拒絕我。我要揪她的頭髮，揪茲瓦可夫的兩隻耳朵，不，揪一隻就可以，揪著他繞屋子轉。他們可能一起打我，把我踢出去。事實上，一定會的。沒關係！不管怎麼樣，我要第一個打他；先動手的是我，而按照榮譽的規律，這就是一切：他臉上會被我打出印子，不管他怎麼打我，即使是決鬥都無法把它掃除。他要被迫不得不決鬥。那麼就讓他們打我好了，讓他們，這些無情無義的混蛋！屠杜留布夫會打得最凶，他如此強壯；菲弗契金會從旁側擊，揪住我的頭髮。沒關係，沒關係！我就是為了這個才去。這些混蛋最後終於不得不看到這場悲劇。當他們把我拖到門口，我要大聲告訴他們，事實上，他們配不上我一根小拇指。快馬，雪橇夫，快馬！」我向雪橇夫大叫。他吃了一驚，趕緊揮動鞭子，我叫得非常野蠻。

「今天清早我們要決鬥，這是定了的。我不再去辦公。剛才菲弗契金還在開這個玩笑！但是，我到那裡去找手槍？混蛋！我要預支薪餉去買。火藥呢？子彈呢？這是第二件事。那麼這一切在天亮之前怎麼辦得到？我到那裡去找副手？我沒有朋友。混蛋！」我大叫，把自己逼得越來越憤怒。「這完全無關緊要。我在街上第一個遇到的人就注定要做我的副手，就像他遇到要淹沒的人注定要把他拉起來。最荒唐的事都可能會發生。即使我要主任自己做我的副手，他都注定要答應的──為了保持他的騎士風度，為了保密！是的，安東・安東尼區……」

事實是，就在這一刻，我已經完全清楚這項計畫可厭的荒謬性，我比世界上任何人更為清楚。但是……

「快，快，馬夫，你這混蛋，快！」

「是，先生！」這個受氣慣了的人說。

一陣冷顫從我脊椎流下來。

直截回家不是更好嗎？我的天啊！我的天！為什麼我昨天要自動參加這個宴會？不行，我無法退卻。我從桌子到壁爐之間走了三個鐘頭，這賬怎麼算？他們必須為此付出代價！他們要掃掉我這恥辱！快！

他們如果把我送到警察局怎麼辦？他們不敢，他們怕醜事外揚！如果茲瓦可夫如此輕視我，拒絕決鬥又怎麼辦？他一定拒絕；如果他拒絕，我就要他們弄明白……我會在驛站等他，當他明天要離開的時候我等他，我要抱住他的腿，拉掉他的大衣，不讓他上車。我要咬進他的肉裡。「你看看你會把一個絕望的人逼到什麼程度！」他會敲我的頭，而其餘的人會從後面拖我。我要向一大堆看熱鬧的人說：「你們看看這個年輕的蠢狗，臉上被我唾了口水之後，現在要坐車去誘惑色卡西亞女孩了！」

當然，從此什麼都完了！辦公室等於從地上消失。我會被捕，被審判，被免職，丟到監獄裡，被送到西伯利亞。沒關係！十五年之後，當他們放我出來，我要拖著腳步，像乞丐一樣，穿著襤褸的衣服走去找他。我會在某一個城鎮找到他。那時他已經結婚，過得很幸福。他已經有一個長大的女兒……我要對他說：「魔鬼，你看看我塌陷的臉，看看我破爛的衣服！我失去一切——我的職業，我的幸福，藝術，科學，以及我所愛的女人，這一切都是由於你。這裡是兩把手槍。我來這裡是為了開槍的……但是，……但是……寬恕你。」於是我把子彈射入空中，從此以後他永遠聽不到我的消息……

我的眼睛實際上已充滿了淚水。然而，即使在這個時候，我仍舊清清楚楚，這完全是來自普希金的《西爾維奧》①的以及勒蒙托夫的《假面舞會》②。於是我突然感到可怕地羞愧，如此羞愧以致叫馬夫停下來，走出雪橇，站在雪地裡發呆。馬夫驚奇地看著我嘆氣。我要做的是什麼事呢？我不能到那裡去——那顯然是愚蠢，但是我又不能就此算了，因為那會像是……我的天，我怎麼能夠就此算

①實際上是在“The Shot”（1830）中，這是俄國詩人亞歷山大・普希金（1799—1837）的一篇小說。主角Silvio最後放棄了因爲被掌摑而復仇的意念。

②詩人Mikhail Y. Lemontov（1814—1841）的詩劇。

了！在受了這麼多羞辱之後就此算了？「絕不！」我大叫，又重新把自己投在雪橇裡。「這是注定了的！這是命運！快馬！快馬！」

在不耐煩之中，我用拳頭捶打馬夫的背頸。

「怎麼回事？你為什麼捶我的背？」那農夫吼叫，但還是加緊抽他的小馬，以致牠踢起來。

濕濕的雪大片大片地飛落，我解開衣服扣子，顧不得落雪。我把一切都忘掉了，因為我終於下定決心打他的臉，並且戰慄地感覺到它現在就要發生，立刻就要發生，並且沒有任何力量可以阻止它。荒涼的街燈在多雪的黑夜幽暗地閃爍，好似葬儀的火炬。雪落入我的大衣，落入我的上裝，落入我的衣領，在裡面融化。我不把它們揮開，反正一切都結束了。

我們終於到達。我跳出雪橇，幾乎無意識地跑上臺階，對著門又敲又踢。我感到虛弱得可怕，特別是腿和膝蓋。門很快地打開，像他們知道我來似的。事實上，西蒙諾夫已經警告了他們有另一位先生可能會來，而這裡又正是那種特別機警的地方。這裡是老早就被警察取締的「女帽店」之一。白天確實是一家店鋪；到了晚上，如果有人介紹，就可以達到其他目的。

我急速地走過黑暗的店鋪，到那間熟悉的接待室，那裡只點了一根蠟燭——我驚奇地呆站在那裡：一個人都沒有。「他們到哪裡去了？」我對一個人影問。但是，當然，他們現在已經分散了，在我面前站著一個傻笑的女人，是我以前見過的「夫人」本人。不一刻門打開，另一個人走進來。

我誰也不看，就在屋子裡轉來轉去，我相信那時我一定自言自語。我覺得似乎從死神手裡被救了出來，大喜過望，意識到現在一切都過去了：我本來一定已經打了他，一定，完全一定！但是現在他們不在這裡，……一切都過去了，一切都變了！你環顧四周，你還沒有十分弄清我的處境。我機械地看著那走進來的女孩，瞥見一張肉感的、年輕的、相當蒼白的臉，又直又黑的眉毛，帶著沉重的，像是吃驚的眼神。她立刻吸引住我。如果她那時在笑，我就會恨她。我開始更留意著她，可以說是相當吃力。我還沒有能力集中我的思想。在她臉上似乎有淳樸善良的表情，但相當沉重。我確信這種表情使她在這裡生意不好，那些呆子沒有一個能夠欣賞她。不過，她並不能說是一個美人，她個子高高，身體結實而且曲線很好。她穿得很淳樸。一種很可厭的感覺在我心中激擾起來。我直接走向她。

偶然我看到一面鏡子。我受盡折磨的臉把我嚇住了：極端地猙獰、蒼白、憤怒與頹喪，我的頭髮蓬亂一堆。「沒關係，我喜歡這樣，」我想，「我喜歡使她厭惡，我喜歡這樣。」

6

……在屏風的後面有一隻鐘開始喝哧喝哧響，像被什麼東西壓住，像有人在給它上發條。經過一段很不自然的喝哧之後，發出尖銳的，邋遢的，出乎意料急速的敲打聲──好像有人突然從地板上跳過去。鐘敲兩下。我醒過來──實際上我並沒有睡著，只是半睡半醒躺在那裡。

幾乎完全黑暗。在這間狹窄、低矮的房子裡，堆滿了巨大的櫥櫃、成疊的紙盒以及各式各樣亂七八糟的東西。桌子上一根燭頭已經將要熄滅，時斷時續地發出閃爍的昏光。不久就要完全黑暗了。

我清醒過來，一切又立刻回到我腦中，毫不費力，似乎它們原來就侍候著準備向我猛撲。而且，事實上，在我半睡半醒的時候，就有一個東西在我腦子裡停留不去，使我作了許多陰鬱可怕的噩夢。不過，很奇怪，現在在我醒來之後，昨天發生的事情卻顯得非常遙遠，像是從那時到現在已經過了許多年。

我腦子裡塞滿念頭。有些東西似乎在裡面盤旋，激擾，使我不安。惡意與不幸感又在我心中湧起，要找尋出路。突然我察覺到兩隻大眼睛在我身邊好奇地、持續地在觀察我。眼中的神情是冷漠的，陰鬱的，似乎非常遙遠；它重重壓在我身上。

一個陰冷的念頭在我腦子裡發生，流遍全身，像是走到潮濕、泥濘的地窖所感到的恐怖一樣。這雙眼睛裡存著一種怪異的東西，現在開始對著我發呆。同時我也記起來，這整整兩個小時，我對這個動物沒有說一句話，事實上，我覺得說話是多餘的；而不知為了什麼，這種沉默使我滿意。現在我突然認清楚那種罪惡的欲念──它像毒蜘蛛一樣可惡，本身不帶有愛情，卻粗鄙地，無恥地，以真正的愛情所到達的最高境地為起點。我們這樣互相對望很久，但是她的眼睛既不下垂，表情也不改變，以致最後使我不舒服起來。

「妳叫什麼名字？」我猝然問道，只想把這個注視作一結束。

「麗莎。」她幾乎是耳語，但聲音之中沒有一點高興。她把眼睛移開。

我沉默著。

「這是什麼天氣！這個雪……真可惡！」我幾乎在自言自語，沮喪地把手枕在頭下，看著天花板發呆。

她沒有回答。氣氛很可怕。

「妳一直住在彼得堡？」一刻之後我問她，幾乎是憤怒地，把臉衝向她。

「不是。」

「妳從那裡來？」

「黎加。」她很嫌惡的回答。

「妳是德國人嗎？」

「不是，俄國人。」

「妳在這裡很久了？」

「哪裡？」

「這個房子裡。」

「十四天」

她的聲音拉得越來越緊。蠟燭熄了，我不再能看到她的臉。

「妳有父母嗎？」

「有……沒有……我有。」

「他們在哪裡？」

「那裡……黎加。」

「他們是什麼人？」。

「哦，沒什麼。」

「沒有什麼？他們是什麼階級？」

「商人。」

「妳一直同他們住在一起？」

「嗯。」

「妳幾歲？」

「二十。」

「妳為什麼離開他們？」

「哦，不為什麼。」

這意思是說，「你不要管我，我覺得不舒服，難過。」

我們都沉默下來。

天曉得為什麼我不走開。我越來越覺得陰鬱，不舒服。前一天的景象在我腦子裡飄來飄去，完全不受我的控制。我突然記起那一天早晨，當時我心中充滿焦慮，急急忙忙到辦公室去的時候，看到的一件事情。

「昨天我看到他們抬一口棺材，他們差點把它跌下來。」我突如其來地說，並不是想打開僵局，只是很偶然地說出來。

「一口棺材？」

「是的，在乾草場。他們把它從地窖裡抬出來。」

「從地窖裡？」

「不是地窖，是地下室。哦，妳知道……是一間不名譽的地方的地下室……很骯髒的……到處都是蛋殼，亂七八糟……臭烘烘的。那是很可厭的地方。」

沉默。

「這種日子下葬是很邋遢的。」我又開始說話，只為避免沉默。

「邋遢？怎麼邋遢？」

「雪，濕濕的雪。」（我打呵欠。）

「那沒有什麼不同。」她沉默了一下，突然說。

「不，那是很可怕的。」（我又呵欠。）「挖墓的人一定會咒罵雪把他們弄濕了。墳墓裡一定有水。」

「為什麼有水？」她好奇地問，但語氣比原來急促而突兀。

我突然覺得被挑起興趣來。

「為什麼？墳墓裡邊一定有一呎深的水。在沃爾克渥墳場根本挖不到一個乾燥的墓地。」

「為什麼？」

「為什麼？為什麼？因為那裡是浸水的。那裡根本就是沼澤。因此他們把他們葬在水裡。我自己就親眼看到過……許多次。」

（我一次都沒有看到過。事實上，我根本沒有去過沃爾克渥，我只聽過一些關於它的故事。）

「妳的意思是不是說，妳不在乎怎麼死？」

「但是我為什麼要死？」她這樣回答，似乎在防衛自己。

「當然，有一天妳總會死，並且像這個死了的女人一樣死掉。她也是……像妳這樣的女孩子。她死於肺癆。」

「一個姑娘應該死在醫院裡……」（她已經完全知道了，她說「姑娘」，而不說「女孩子」

「她欠她夫人的錢，」我回嘴說，越來越被這討論激起興趣，「結果就得繼續讓她賺錢一直到死，雖然生著肺病也是一樣。有些雪橇夫同士兵們談論她。他們無疑認識她。他們大笑。然後跑到小酒店去為她的往日乾杯。」

這大部分是我自己的發明。接著是沉默，深刻的沉默，她沒有激動。

「死在醫院裡好些嗎？」

「還不是一樣！不過，為什麼我要死呢？」她不高興地說。

「如果不是現在，也是不久以後。」

「為什麼不久以後？」

「為什麼？當然。現在妳年輕，可愛，要的價錢高。但是，這種生活一年以後，妳就不同了──妳會衰退。」

「一年嗎？」

「無論如何，一年以後，妳就不這麼值錢，」我惡意的說。「妳會從這裡到另一個房間，比較低級的；再過一年，就到更低級的，七年以後妳就會到乾草的地下室。這還是說如果妳比較幸運。如果妳生了病，譬如說，肺癆……或者傷寒，或其他的病，妳就更糟。照妳這樣生活，得了病就很難痊癒。如果妳得了任何病就休想把它趕走。那妳就只得死了。」

「啊，好啦，我死就是。」她敵意地說，突然把身子挪動。

「那是很遺憾的。」

「為誰遺憾？」

「為生命。」

沉默。

「妳有沒有打算結婚？嗯？」

「這與你有什麼關係？」

「哦，我沒有盤問妳。這與我沒有關係。妳何必這麼不高興！當然妳有妳的困難。這與我有什麼關係？我只是覺得遺憾。」

「為誰遺憾？」

「為妳。」

「用不著。」她的聲音幾乎聽不見，身子又突然挪動一下。

這立即使我覺得懊惱。我竟然對她溫柔起來……而她……

「怎麼？難道妳想妳走的路很正確？」

「我什麼都不想。」

「毛病就出在這裡，妳什麼都不想。現在還有時間讓妳把事情弄清楚。現在還來得及。妳還年輕，好看；妳可以戀愛，結婚，幸福……」

「並不是結婚的女人都快樂。」她又用原先那種斷然的，粗魯的聲音說。

「當然，不是全都快樂，但總比這裡好。好得太多。更且，只要有愛情，即使不快樂也可以過得很好。即使在憂苦中生活仍舊可以甜蜜。無論如何，生活是甜蜜的。但是，在這個地方除了骯髒之外還有什麼？呸！」

我很厭惡地把頭轉開，我已經不再冷漠。我對自己講的話開始有感受，我開始熱中於這個話題。我已經渴望把我在角落中孕育的觀念釋放出來。有些東西在我腦筋裡突然閃亮，我在面前看到了一個目標。

「不要介意我在這裡，我不能當作妳的榜樣。或許，我還遠不如妳。當然，我來的時候是喝醉的，」我立刻又為自己辯護。「更且，男人不能作女人的榜樣。這兩種人根本是不相同的。我可以貶低自己，侮辱自己，但我不是任何人的奴隸。我想來就來，想走就走。我把它抖掉，就變成了另一個人。但是妳呢，卻從一開始就是奴隸。是的，奴隸！妳放棄了一切，放棄了妳全部的自由。如果妳想以後再掙脫枷鎖，就來不及了：妳會陷得越來越深。這是一種很可惡的枷鎖。我了解它。我不必跟妳說其他，妳可能不懂，但是，告訴我，妳是不是欠了夫人的錢？這樣，妳就懂得了，」我繼續說，儘管她未作答，只是沉默地傾聽，完全被我吸引。「這就是妳的枷鎖！妳永遠買不回妳的自由。他們老早就看準了。這等於把妳的靈魂賣給魔鬼。……更且，……妳怎麼知道我不是和妳一樣不幸——由於痛苦而故意在泥濘裡翻滾呢？妳知道，男人因為憂愁才喝酒，是的，我來這裡也可能是由於憂愁。過來，告訴我，在這裡有什麼好？妳和我在這裡……碰在一起……只是剛才的事情，這麼長的時間我們兩個都沒有說一句話，只到了事後，妳才像一頭受驚的野獸看著我，我也這樣看著妳。這是愛嗎？這是一個人類應該與另一人類相見的方式嗎？這是很可厭的，可厭！」

「對了！」她尖銳地，急忙地同意。

這一聲果斷的「對了」使我大感震驚。這樣看來當她剛才凝視我的時候，腦子裡就存著這種念頭；這樣看來她也有能力想一些事情？「該死，這有趣得很，這是和我臭味相投的地方！」我想，幾乎搓起手來。把一個年輕的心靈推動，事實上竟是這麼容易！

使我最感興趣的是我能力的運用。

她把頭更靠近我一些，在黑暗之中，我似乎覺得她枕在胳膊上。說不定她還在細細觀看我。我多麼懊惱不能看到她的眼睛。我聽到她深沉的呼吸。

「為什麼妳要到這裡來？」我問她，聲音裡已經帶著權威。

「哦，我不知道。」

「但是，在妳父親的家裡生活是多麼美好！那裡溫暖，自由；再說，那是妳自己的家。」

「如果比這裡更壞又怎麼樣？」

「我必須理智點，」我腦子裡閃過這個念頭。「我不可以太感情用事。」但這只是瞬息即過的想法。我可以發誓，她確實引起了我的興趣，更且，我已經疲憊，控制力脆弱。而狡辯又如此易於跟情緒狼狽為奸。

「誰否認來著？」我急忙作答。「當然什麼樣的事情都可能發生。我相信一定是有人虧待了妳，別人在妳身上犯的罪過，比妳自己犯的罪過多得多。當然，妳的事情我一點也不知道，但是像妳這樣的女孩子，絕不會自己願意到這種地方來……」

「像我這樣的女孩子？」她小聲說，幾乎聽不見，但我還是聽見了。

該死，該死……我竟在阿諛她。令人作嘔。但說不定這也很多……她沉默著。

「妳看，麗莎，我把自己的事講給妳聽聽。如果我從小有個家，就不會變成現在這個樣子，我常常想這件事。不論妳的家怎麼壞，到底是妳的父親母親，而不是敵人也不是陌生人。一年至少有一次他們會向妳表示愛意。不管怎麼說，妳總知道是在自己家裡。我是在沒有家的情況下長大，這或許就是為什麼我變得這麼……沒有情感。」我又等她說話。「或許她根本不懂我說的什麼，」我想，「而且，事實上這也確實是荒唐──這根本是在說教。」

「假如我做父親，有了一個女兒，我相信我愛她比愛兒子還厲害，真的。」我開始轉彎抹角，像是在說另一件事情，其實只是為了試驗她的注意力。我承認我臉紅。

「為什麼這樣？」她問。

啊！她還是在聽！

「我也不知道，麗莎。我認識一個人，他嚴厲，苛刻，但在女兒面前常常跪著走，親她的手、她的腳，無論如何總覺得愛她愛得不夠，真的。當她參加舞會的時候，他往往連站五個鐘頭，呆呆地看著她。他幾乎為她瘋了：我了解他！半夜她疲倦了，睡得很熟，他會一直醒著親她，祝福她，畫十字。他可以穿又髒又舊的衣服，他對每個人都很刻薄，但是為他的女兒，他可以花光最後一文錢，給她買很貴的禮物，而如果她被他的禮物逗得高興了，他就歡天喜地。做父親的總是比母親更愛女兒。有些女孩子在家裡生活是很快樂的。而且，我相信我永遠不會讓我的女兒出嫁。」

「還有呢？」她說，微弱地笑了一下。

「我會嫉妒，一定的。想到她親別人，我就受不了！她竟然會愛一個陌生人勝過愛她的父親！想到這件事是很痛苦的。當然，這都很沒道理，當然每一個做父親的終歸要變得理智些。但是我相信我在答應她結婚之前會發愁死掉；所有向她求婚的人，我都要故意挑毛病。妳知道，女兒認為滿意的人，在她父親看起來總認為是最壞的。一向都是如此。許多家庭的煩惱就是由此而來。」

「但是有些人寧願把他們的女兒賣了，也不肯體面地把她們嫁出去。」

啊，正是這樣！

「這種事情，麗莎，只發生在少數敗壞的家庭，這種家庭既沒有愛也沒有高特，」我溫和地反駁她，「而沒有愛的地方就沒有人性。這種家庭確實是有的，但是我說的並不是它們。妳這樣講必然是因為家裡有不幸的遭遇。真的，妳一定很不幸。哼！……這種事情絕大部分是因為貧窮。」

「但有錢人又怎樣？有些人雖然窮，只要淳樸也可以過得很快樂。」

「嗯……是的，這是可能的。另外跟妳說一件事，麗莎，人的眼睛總是只看到困難，而看不到自己的歡樂。如果他公平一點，他就會看出來，每個人都有足夠的快樂。而如果這個家庭各方面都好，如果上帝賜給恩惠，如果丈夫是個善良的人，愛妳，保護妳，永遠不離開妳，那又是多麼好！這樣的家庭充滿幸福！但有時候就是在煩惱中也有快樂；而煩惱是到處有的。如果妳結婚，妳就會自己體驗得出來。但是想想看，同妳所愛的人結婚之後，頭幾年是怎樣的生活！何等的幸福，這種生活有時候是多麼快樂！當然，這些都是很通常的事情。在結婚的初期，即使同丈夫吵架都是甜蜜的，有些女人跟她們的丈夫吵架，只是因為她們太愛丈夫。確實，我就認識這樣一個女人，她說因為愛他，所以就折磨他，讓他感覺到痛苦。妳知道，妳可能由於愛而故意折磨一個人，女人們特別有這種心理，她們自己想：『這樣我就會更愛他，折磨之後我會給他這麼大的補償，以致現在虧待他一下並不算過分。』整個家庭裡的人看到妳都會高興，妳是快樂的，活潑的，安詳的，受尊敬的……還有一些女人則很嫉妒。假如男人到任何地方——我認識這樣一個女人，她就無法控制自己，半夜爬起來，偷偷摸摸跟蹤他，看看他是不是在跟別的女人鬼混。這真是可憐見的。

「那個女人也知道這樣不對，但是她把持不住自己的心，她自己很痛苦——這一切都是由於愛。爭吵過之後再重新和好，補償自己的過失或者原諒他，這是多麼甜蜜的事！他們兩個都會立即歡天喜地——就似乎他們又重新相遇，重新結婚，就好像他們的愛也更新了。啊！如果夫妻相愛，他們之間的任何事情都是別人不能知道的。如果他們吵架，他們不會請他們的母親來裁判，也不會把他們的故事講給別人聽，他們自己做自己的裁判。

「愛情是崇高神祕的，不論發生什麼事情，對任何人都要隱瞞；這是好的，這使它更崇高，更美好。他們會因此更為互相尊重，而有許許多多事情是從尊重上建立起來的。如果曾經有一度他們互相戀愛，如果他們是為了愛情而結婚，為什麼愛情會變成過去的東西呢？他們一定可以保持它！保持不住它是很少見的。如果丈夫是個忠厚、心地善良的人，為什麼愛情不能永久延續？婚後的愛情，第一個階段確實會過去，但是接著會來第二個階段，比第一個階段更好。這以後他們的靈魂就互相結合，他們的一切都有共同的喜好，他們之間再沒有祕密。

「如果一旦他們有了孩子，最艱難的時期在他們看來就似乎是最快樂的，只要他們有勇氣，有愛情。甚至操勞都是一種歡樂，即使為了節省給小孩子，自己不吃麵包都是一種歡樂。他們以後為了這個會感謝你，愛你；你這樣做也不過是為了來日儲蓄而已。當孩子慢慢長大，你就覺得你是一個榜樣，是他們的一個支柱；即使你死了，他們還是會保留你的思想，你的情感，因為這是你傳給他們的，他們從裡到外都像你。所以，你看得出來，這真是一個大任務。他們怎麼會不把父母拉得更親近呢？有人說養小孩子是刑罰，但是說這種話是什麼人？那根本是天國的幸福！妳喜歡小孩子嗎？麗莎？我愛他們愛得可怕。妳想想看，一個玫瑰色的小嬰兒擁在妳的懷裡，丈夫看了，怎麼會不感動！一個圓圓胖胖玫瑰色的小娃娃，在床上滾來滾去，像肉包子一樣的小手小腳，還有那乾乾淨淨的小指甲，那麼小，使人一看到就想笑，還有他的眼睛，看起來就像什麼都懂似的。當他吃奶的時候，他還用手抓妳的乳房，玩著。那時候如果他爸爸走過來，他就趕快推開乳房，仰著頭來看他爸爸，好像那非常好玩似的，然後又埋到胸脯裡去吃奶。當他長了小牙，或許還會咬媽媽的乳頭，並且調皮地看著母親，像是在說：『妳看，我咬住妳啦！』當這三個人，丈夫，妻子，嬰兒，都在一起的時候不是極其快樂嗎？為了這些時刻，一個人可以寬恕許許多多事情。啊，麗莎，在責備別人之前，一個人先要懂得自己如何生活。

「這只是圖畫，這是別人必然會用來諷刺你的圖畫，」我暗自想。雖然我說這些話是出自真誠的情感，但是我的臉突然感到熱呼呼地發燙。「假如她突然大笑起來我怎麼辦？」這個念頭使我氣憤。在我的話剛剛快要說完的時候，我確實感到激動，不過現在我的虛榮心似乎受著傷害。沉默持續著。我幾乎要用手肘去推她。

「為什麼你……」她說著又停下了。但是我懂得她的意思。在她的聲音之中有一種原先不曾有的顫抖，原來的生硬與頑強已經不見了，而變成了溫和，羞澀；這使我突然感到羞愧，罪過。

「什麼？」我帶著溫柔的好奇問她。

「為什麼你……」

「什麼？」

「為什麼……你像在說書。」她說，這時她的聲音中再度出現了那諷刺的口吻。

這句話一直刺到我的心底，我完全沒有料到她會這樣說。

那時我並不了解她在用諷刺的口吻來掩飾情感，我不了解這是羞澀淳樸的人，在心靈的祕密被粗魯地揭露時最後的庇護所，他們的驕傲使他們直到最後一刻仍舊拒絕投降，使他們不肯在你面前表露內心真正的情感。從她說這句諷刺話時的靦腆與猶豫不決，以及她為了把它說出來所花費的努力，我務必猜出她心中的真相。然而我沒有猜，我只是被一種惡意占據了。

「妳等著看！」我想。

7

「啊，麗莎，不要這樣講！妳怎麼能說它像說書，因為我這個局外人也覺得難過；當然，我並不是用一個局外人的眼光來看這件事，因為我心裡真正感到難過……難道，難道妳在這裡能夠不感到難過嗎？當然，習慣會造成許多奇蹟！天知道習慣會把一個人變成什麼樣子。不過，難道妳真的以為妳永遠不會衰老：永遠年輕漂亮，他們永遠把妳留在這裡嗎？我並不想說這裡的生活何等可厭……但是我想講一講——講一講妳現在的生活。我的意思是說，雖然妳現在年輕，漂亮，有吸引力，有心靈，有情感，但是妳知不知道剛才我清醒之後，立刻覺得不歡喜跟妳在這裡廝混？在這裡我覺得難過！一個人只有喝醉了才來這裡。然而，如果妳是住在別處，同善良的人一起生活，我必定更會被妳吸引，我會戀愛妳，渴望被妳看一眼，更不用說對我說一句，我會天天佇立在妳家門口，我會跪著走到妳身邊，我要把妳看作我的未婚妻，而如果妳肯惠允，我就覺得無上光榮。但這裡是什麼樣子？我只要吹吹口哨，妳就得走過來，不管妳願意不願意，我根本不需顧慮妳的意見，而妳卻要顧慮我的。最低下的勞工起碼還是一個工人，他沒有把自己賣做奴隸；他知道他隨時都可以自由，只要他把一天的工作做完。但妳什麼時候才能自由？只要想想看妳在這個地方所犧牲的是什麼就知道了！妳在這裡受奴役的是什麼？是妳的靈魂，並且附帶著整個肉體，妳是在出賣的靈魂！妳任妳的愛情被每一個酒鬼蹂躪！愛情！妳知道嗎？愛情是一切，它是無價的寶石，是少女的珍藏，一個男人為了獲得它可以奉獻出自己的性命，可以勇敢地面對死亡。但是，妳的愛情在這裡值多少錢？妳被賣掉了，連妳的靈魂肉體一起賣掉，而當一個人不用愛情就可以取得一切的時候，他就根本不再為愛情努力，但是，妳知不知道，對於一個女孩子沒有比這個更大的侮辱，妳懂不懂得我的意思？確實，我聽說過他們曾經安慰妳，那些混蛋，他們說可以准許有妳自己的愛人。但這根本是笑話，這根本就是騙鬼！他們根本只是在看妳的笑話，但是妳還信以為真。

「難道妳以為那些所謂妳的愛人會真的愛妳？我絕不相信，他明明知道任何時候妳都可能從他身邊被人叫開，他怎麼愛妳？如果他能愛妳，他必定是個卑賤的傢伙。再者，他會不會對妳有一分尊敬呢？妳跟他之間有那一點相同？他只不過在譏笑妳，掠奪妳──這就是他對妳的愛情的總值！他不打妳已經算妳幸運！他可能會打妳的。如果妳自以為真正有個愛人，妳不妨問問他，他也願意娶妳。他如果不唾口水或打妳，必定也會指著妳的臉大笑──雖然，他自己可能連半文錢也不值。如果妳把這些事情想一想，妳為了什麼毀壞妳的生命呢？難道為他們給妳叫來的咖啡與酒肉？如果他們給妳吃，是為什麼目的？一個女孩子如果有心靈，就嚥不下這些東西，因為她了解他們為的是什麼。當然，妳在這裡是負了他們的債，並且妳要一直負債到底，一直到妳的生命結束，直到客人開始嘲弄妳。而這些事情很快就會發生；不要仰賴妳年輕漂亮——在這裡都會像特別快車一樣，一瞬即過。妳會被踢出去。而且還不是簡簡單單把妳踢出去；在此老早以前，她就會不斷地挑妳毛病，責罵妳，就好像妳還是欠她的債，還沒有為了她把妳的健康完全犧牲掉，沒有把妳的青春和靈魂為了她的利益完全耗光；卻好像是妳毀了她，妳在向她乞食，妳搶劫了她。妳不要期望任何人支援妳，這裡所有的人，妳的同伴，都會起來攻擊妳，討她好，因為在這個地方每個人都是奴隸，每個人老早都喪失了良心與同情。她們已經變得內心根本惡毒，而全世界沒有任何東西比她們的污辱更惡毒，更可厭，更醜惡。

「妳把一切都投在這裡，妳的青春，妳的健康，妳的美與希望，完全無條件地投在這裡，不出二十二歲，妳就看起來像三十五歲的女人，如果妳沒有得病就算運氣，但願上帝保佑妳！當然，妳現在會覺得快活，用不著工作！但是我問妳，世界上有沒有比妳現在更艱苦可怕的工作？只要想一下，我覺得心就被它撕裂了。當他們把妳趕走的時候，妳連一句話都不敢說，好像妳是咎由自取。妳會遷到另一所房子，再遷到第三個，然後又到一個什麼別的地方，最後妳不得不到乾草場。在那裡妳就天天被打來打去；在那個地方，根本沒有風度這種東西，那些客人除了污辱就不懂什麼叫友善。妳不相信那個地方會這麼可恨嗎？有時間妳不妨自己去看看，妳可以親眼看到，有一次，是過年那天，我自己就在那邊門口看到一個女人。除夕晚上，他們只當開玩笑把她推出去關在外邊，讓她嘗嘗風雪的滋味；因為他們說她哭得太多。早上到了九點鐘她已徑喝得醺然大醉。頭髮蓬亂，半赤半裸，渾身滿是傷痕，臉上塗了許多粉，但是掩不住青腫的眼圈，鼻子嘴角都在滴血：這是因為一個馬車夫剛才結結實實給了她一拳。她坐在石頭臺階上，手上拿著一條鹹魚；她在為她的命運號叫哀哭，用鹹魚敲打石頭臺階，那個馬車夫和一些喝醉了的士兵擠在走道上辱罵她。妳不覺得妳將來也會變成這個樣子嗎？當然我也絕不願意相信。但是，誰又能夠擔保呢？十年八年以前，這個手上拿著鹹魚的女人可能像小天使一樣鮮嫩，純潔，無知，不懂什麼是罪惡，人家隨便說一句話她就臉紅。或許那時她正像妳一樣驕傲，容易生氣；或許她那時看起來像一個皇后，自信愛她又被她愛的男人可以自她獲得極大的幸福。結果怎樣呢？如果這個醉醺醺的，頭髮蓬亂的女人正用鹹魚敲著骯髒的臺階時，回想到在父親家中那些純淨的日子，回想到她去學校的時候鄰居的男孩在路上等待她，回想到他說終生愛她，將把整個生命貢獻給她，回想到他們信誓旦旦，要長大後立即結婚永遠互愛——這時，當她回想到這一切，她的心將要何等痛楚！啊，麗莎，如果妳像那個女人得了肺病立刻在牆角死掉，還是幸運的。妳說會死在醫院是不是？

如果他們肯把妳送進醫院真是妳的福氣，但是，如果妳的夫人認為妳對她仍舊可以繼續效勞，又怎麼辦？肺病是很奇怪的東西，它和傷寒根本不同。病人直到最後一分鐘還存著希望，並且以為自己沒有弄錯。他矇騙自己。而這種情況正合妳夫人的意。妳不要不信，情形確實如此。妳已經為她賣了靈魂，但糟糕的是妳仍舊欠她的債，結果妳一句話也不敢說。但是當妳要嚥氣時候，每個人都會拋下妳，都會掉頭不顧妳，因為妳再也不能給他們任何利益。更糟糕的是，他們會埋怨妳霸占了床位，抱怨妳死得這麼慢。不管妳怎麼哀求，妳都得不到一口水喝，如果他們肯拿給妳，也會不住地污辱妳：『妳什麼時候才肯挪開？臭賤貨，妳鬼叫得我們連覺也不能睡，妳使那些先生們心裡都不舒服。』這是真的，我自己就聽過他們說這種話。他們會在妳奄奄一息的時候把妳丟到地窖中最髒的角落裡，黑暗，陰濕；那時，當妳孤寂地躺著，妳的心裡會有什麼感覺啊！當妳嚥完了氣，一些陌生人就會把妳拖出來，抱怨，咒罵，不耐煩；沒有一個人祝福妳，沒有一個人為妳嘆氣，他們唯一的念頭就是儘快把妳弄走；他們給妳買個棺材，像那天那個可憐的女人一樣把妳送到墳墓裡，然後到酒店為妳的往日乾杯。在濕濕的冰雪之中，他們絕不願為妳費事。『把她放下去，凡尤卡，她是活該這樣的——即使在這個地方她也顛三倒四，這個賤貨？把繩子鬆一點，混蛋……』『這樣不就好了嗎？』『這樣就好啦？她還是側身子的！不管怎麼說，她還是個同胞啊！不過，算了，沒關係，鏟土，埋吧！』他們懶得為妳浪費時間。他們儘快把青黑色的濕土朝妳身上蓋，然後到酒店去……妳在這個世界上的一切事就算完了；但是其他的女人卻有丈夫、孩子上墳。沒有人為妳流淚，沒有人為妳嘆息，沒有人懷念妳；全世界都沒有一個人到墳上看望妳，妳的名字就在世界上註銷了——就像妳根本沒有存在過，根本沒有生下來過！夜裡妳萬一復活，當妳敲棺材蓋的時候——不管妳怎麼用力——除了骯髒的臭泥之外，什麼都沒有，儘管妳撕破了嗓子大叫，但沒有一個人理睬妳：『讓我出來，仁慈的人們，讓我在太陽之下生活！我以前的生活根本不算是生活；我的生命是像臭抹布一樣被拋棄的；我的生命是在乾草場喝酒喝光的；讓我出來，仁慈的人們，讓我重新做人。』但是沒有一個人理睬妳。」

我已經聲嘶力竭，喉嚨裡感到一塊硬硬的東西堵塞著……我突然止住了話頭，失望地坐起來，駭怕地傾聽，心裡砰然跳動，我有理由擔心。

有一個時刻我已經覺得我翻轉了她的靈魂，撕裂了她的心，而我越是有這種感覺，就越渴望儘快地，盡量強烈地達到我的目標。我這種極端的做法，是想試驗自己的能力，但是，又不只是如此……

我知道我說的話很僵直，很人工化，甚至像在說明；事實上，除了「像說明」之外，我不會採取任何辦法。然而這並不足以困擾我：我知道，並且感覺到我會被了解，並且這種說書方式對我有益。然而，當我現在已經達到了目標，我突然驚恐起來。我從未見過如此的絕望！她臉朝下躺著，把臉埋在枕頭中，她的兩隻手緊緊抓在裡面。她的心被我撕碎了！她的年輕的軀體顫抖著像在抽筋。壓抑的抽咽碎裂了她的胸懷，突然爆發為嚎啕痛哭，於是她把枕頭貼得更緊一點：她不願意任何人在這裡，她不要任何活著的東西知道她的憂苦和眼淚。她咬噬枕頭，咬噬自己的手直到流血（我後來看到），抓自己蓬亂的頭髮，直到因用力過度變得僵直，忍住呼吸，咬牙切齒。我想說一些什麼，安慰她，但是我不敢；突然，在一種幾乎恐怖的冷顫之中，我開始在黑暗中摸索，想穿衣服儘速離開。完全是黑暗的，雖然我盡了最大的努力仍舊無法儘快把衣服穿好。無意間我摸到了一盒火柴和整臺蠟燭。當燈點起來的時候，麗莎突然從床上彈起，坐著，用錯亂的臉，半瘋狂的微笑，幾乎是麻痺地看著我。我在她身旁坐下來，握住她的手；她開始恢復一些，對我做了一個很勉強的動作，想抱住我，但又不敢，於是在我面前把頭低垂下去。

「麗莎，我的愛人，我錯了……請原諒我，我愛。」我說，但是她把我的手壓得如此之緊，以致我感覺到我這樣說是錯的。我靜下來。

「這是我的地址，麗莎，來找我。」

「我一定來。」她堅決地回答說，但是頭仍舊沒有抬起來。

「現在我走了，再見……我們會再見。」

我站起來，突然之間臉又緋紅，顫抖了一下，從椅子上抓起一塊圍巾，把脖子圍住一直到下頷，當她這樣做的時候，又給了我一個暗淡的笑容，紅著臉，奇異地看著我。我覺得自己虛竭得可怕；我急著想走開——我要從此處消失。

「等一下，」她突然說，在接近門口的走道上，她把手貼住我大衣的前襟，止住了我。她匆匆忙忙把燭臺放下跑開；顯然她是想到了什麼事情，或者要把什麼東西拿給我看。當她跑開的時候，臉緋紅起來，眼睛閃著光，唇間帶著微笑——這是什麼意義？違反著自己的意志，我站著等她：不一刻她就跑回來，臉上的表情似乎在求我寬恕。事實上，她現在的臉已與昨夜完全不同，那時是陰沉，猜疑，頑梗的。但現在她的眼睛充滿哀求、溫柔的神情，同時又發散著信託、撫慰及羞怯的光輝。她的表情如同小孩子對所喜歡的人仰望著，要求寵愛一般。她的閃亮的、淡褐色的、充滿了生命力的可愛的眼睛，既能表示陰鬱的仇恨，又能表示愛情。

她不做任何解釋就把一張紙遞給我，就像我是更高等的生物，不需任何解釋就必然了解一切。這時她的臉帶著一種淳樸的，幾乎童稚的勝利感閃亮著。我把紙打開。是一個醫學院的學生或諸如此類的人給她的一封信——一封誇張的，花言巧語的，但極其恭敬的情書。我已不記得信中的詞句，但在那誇張的言詞之下，確實顯示著真誠的愛意，那不是可以裝出來的。當我把信看完，抬頭遇到了她的眼睛，閃耀著，詢問著，像孩子樣沒耐心地看著我。她把眼睛盯在我臉上，焦急地等待，看我會對她說什麼話。匆忙的，帶著喜悅與驕傲，用簡短的言詞向我解釋她曾去一個家庭參加舞會，「一個很好的家庭，他們什麼都不知道，絕對不知道，因為她最近才來……並且她決心不在此處久留，只要付完了債就立刻離開……就是在這個舞會裡，她遇到了這個學生，他整個晚上都與她共舞。他同她聊天，竟然發現他小時候在黎加認識她，他們曾一同玩耍，只是那已很久以前——並且他認識她的父母，但於關於這件事他一點也不知道，連猜也猜不到，他根本沒有這個疑心！舞會以後那一天（就是三天之前），他經由和她同去舞會的一個朋友轉遞，給她帶來一封信……並且……並且……好啦，就是這樣。」

當她說完的時候，帶著羞澀的表情把閃亮的眼睛垂下去。

這可憐的女孩把這封信當做珍貴的寶藏一樣珍惜著！她跑去把它拿來——她這唯一的寶藏——是因為她不願意我就這樣走開，而不知道她也被人真誠地戀愛著，她也被人這樣恭敬地稱呼著。無疑這封信注定要永遠留在她箱子裡，而任何結果都不會發生。雖然如此，我仍舊可以斷定她必定一輩子珍藏它，作為她的驕傲與辯護。而在這一刻她想到了這封信，她去把它拿來，用純真的驕傲想在我眼中把自己的意義提高，使我也可以看出來，使我可以覺得她是不錯的。我沒有說話，把她的手放在我的掌間按壓一下，走了出來。我何等渴望離開……融雪仍舊大片大片濃重地飛落，但是我仍舊步行回家。我疲憊，碎裂，困惑。但在這困惑的背後，事實已經在向外閃露。啊，令人憎厭的事實。

8

但是，在我自覺地認清這個事實之前還度過一段時刻。這天早晨，在經過了幾個鐘頭沉重、混濁的睡眠之後醒來，我立即想到前一天所發生的一切，大為震驚於昨晚對麗莎竟如此感傷，竟做了如此之多的「恐怖與憐憫的吶喊」。「像女人一樣地歇斯底里，可恥！」我結論說。我何必把住址塞給她？她來了我怎麼辦？但是，就讓她來吧！沒關係……但是，顯然，這不是最重要的事，最重要的是我必須挽回我在茲瓦可夫與西蒙諾夫眼中的名譽。要儘快，不計任何代價。這個早晨我完全被這件事盤據了，以致把麗莎忘得一乾二淨。

第一件事，我必須立即償還昨晚向西蒙諾夫借來的錢。我下了致命的決心：直接向安東・安東尼區借十五個盧布。非常幸運，那天早晨他情緒極佳，我一開口他就立即答應。我被他出乎意料的寬大弄得興奮異常，以致在我若無其事地簽寫借據的時候，自然而然就告訴了他，昨天晚上，「我同一些朋友在巴黎酒店暢飲；我們為一個同伴餞別，事實上，可以說是我童年的友伴，你知道，他是一個壞透頂的浪子，一個徹頭徹尾的敗類——當然，他出身良好家庭，有相當的錢，像樣的職位；他很機警，迷人，可以說是不折不扣的登徒子，你知道；我們額外地多飲了半打……而且……」

而且這一切都進行順利；我的這些話說得完全輕鬆，自在，無拘束。

回到家裡我立即寫信給西蒙諾夫。

即使到了今天，當我想到信中那種真誠的紳士風度，那種淡泊輕鬆，那種正直的格調，我都不得不對自己大為讚賞。我用圓熟的，有教養的，而且（最重要的）非常洗練的文字把一切責任都歸罪自己。我為自己辯護說：「如果我真能獲准為自己辯護，」則我要歸因於我根本不善於飲酒，當我喝下第一杯的時候，就已頭昏腦脹，而且，最糟糕的，在他們到酒店之前，我從五點到六點之間等待他們的時候，就已喝得過量。我特別請求西蒙諾夫的原諒；我請他把我的歉意傳達給每一個人，特別是茲瓦可夫，因為「我現在就像在夢裡一樣記起」我曾污辱了他。我又說我本想一個個拜訪他們，但是現在我的頭很疼，更且，我也無臉去見他們。我特別得意於我文體中那種輕鬆、瀟灑的口吻（當然，絕不越出禮貌的範圍），這種口吻要遠比任何辯論更為有效，使他們立刻了解到「對於昨晚一切的不快」我保持著一種超然的立場，了解到我並不如你們——我的各位朋友——所想像的那般敗壞；而是，相反地，我像一個真誠尊重自己的紳士一樣來看這件事情。「年輕的英雄之往事是毋需苛責的！」

「確確實實具有貴族式的輕鬆風格！」當我寫完再次閱讀的時候，我這樣讚美自己。這完全是因為我的智慧與教養！如果另一個人落在我的處境將不知如何脫身，但是看我是如何擺脫它的！我又和以往同樣歡樂了！這完全是因為我是「這個時代中有文化教養的人！」而且，事實上也確實可能完全由於昨天的酒。嗯……不，並不是酒。五點到六點之間我等他們的時候，根本沒有喝酒。我向西蒙諾夫扯謊；我無恥地扯謊；但現在我並不因此羞恥……滾他的蛋，主要的是我把事情交代了。

我把六個盧布夾在信裡，封起來，交給阿坡龍給西蒙諾夫送去。當他知道了信裡有錢，他的態度就變得恭敬，答應了把它送去。將近黃昏，我出去散步。我的頭仍舊在眩暈疼痛。但是當黃昏漸暗，夜色越濃的時候，我的印象，以及由印象而來的思想，就變得越來越離析，紊亂。有些東西還沒有在我心中死去，在我內心的幽暗之處不肯就此消逝，而轉變為苛烈的壓迫感表現出來。大部分時間我在最熱鬧的街上擠來擠去，走過米欽斯基街，塞德威街，再到尤蘇泊夫公園。在暮色朦朧中，我一向喜歡在這些街道閒蕩，那時各式各樣的工作人員下班回家，臉部因焦慮而變得乖戾不順。我所喜歡的正是這種廉價的匆忙以及赤裸的散亂。這一天傍晚，街上的擁擠比以往任何時候更激惱我。我弄不清楚毛病究竟出在什麼地方，我找不到線索，在我靈魂中有某種東西在不斷地激擾，痛苦地，拒絕平息。我回到家裡，心神完全倒錯，就如同在我的良心之中隱藏著某種罪惡。

想到麗莎會來找我，就使我不斷困惱。昨天一切事情中似乎只有這一件特別折磨我，似乎它特別凸現出來，只為折磨我；這是很怪異的。傍晚時分，我已全然成功地把其他事情驅散了，忘懷了，只沉醉在我給西蒙諾夫那封得意的信件之中。但是關於麗莎我卻無論如何不能感到得意。麗莎成了使我困惱的唯一原因。「如果她來了怎麼辦？」我不斷地自問。「好吧，就讓她來，無所謂！但是，如果她看到我的生活狀況怎麼辦？可恨！昨天我在她面前像一個英雄，然而今天呢？我把自己搞成什麼樣子？這裡簡直是乞丐窩，可恨！我竟穿這種衣服跑出去吃飯！我的美國皮沙發已經破裂，墊絮跑出來！我的睡袍破成這個樣子，遮不住我的肉，這一切她都要看在眼裡，並且，她還要看到阿坡龍。這個畜生一定會污辱她，他會一直盯住她，以便激怒我。我呢，當然會像往日一樣狼狽，我會把右腳向後退一步，向她鞠躬，然後把我的睡袍扯來扯去，以便掩住自己的身子，我會勉強向她微笑，開始說謊。啊，猥褻！但最糟糕的不在於猥褻，而在更醜惡的，更可厭的東西。是的，更醜惡！想想看，要再一次戴起這卑鄙的謊騙面具！……」

當我想到這裡，突然光火起來。

「為什麼卑鄙？怎麼卑鄙？昨天晚上我明明是誠心誠意的，我清清楚楚記得我自己真正動了情感。我想做的只不過是挑起她內心高尚的情感……而她哭了，這是一個好現象，這是一個好結果。

然而我仍舊不能心安理得。整個晚上，即使九點鐘，我從街上回來之後，當我費盡苦心讓自己相信麗莎不可能來此之後，她仍舊侵擾我，並且最糟的是，她每次回到我腦中都在同一個部位。前一天晚上發生的事情，有一件特別生動的浮現在我想像中，那就是當我劃亮火柴看到那張蒼白、扭曲、帶著受苦眼神的臉。那時她的臉上掛著何等可憫，何等不自然，何等扭曲的微笑！但是那時我並未意料到十五年以後，我仍在記憶裡清晰地看到麗莎，用那種可憫的，扭曲的，不相稱的微笑面對著我。

第二天，我又開始把它當作無聊小事，把它認作是由於神經過於興奮，認定是誇張。對於自己這個弱點我是經常警覺的，而且常常懼怕它。「我把一切事情都弄得誇張，這是我的失敗之尤。」每一個鐘頭我都對自己這樣重複說。然而，「麗莎還是會來，」想來想去，我的念頭都歸到這個收場。有些時刻我變得如此不安，以致暴怒：「她一定會來，她一定會來！」我大叫，在屋子中轉來轉去，「就是今天不來，明天還是會來；她會把我搜出來！那些純潔的心靈該死的浪漫情調！哦，醜惡——哦，愚蠢，——哦，那些『可憐的多愁善感的靈魂』的愚蠢像！啊，你怎麼竟會不了解，你怎麼會連這個也沒想到？……」

我猛然停住，陷於極端的混亂中。

這麼幾句話竟然已經足夠，我想，竟然已經足足有餘；要想扭轉一個人的生活，使它整個照我的意志改變，所需要的竟是何等簡單的一點田園情調（而且是做作的，說書式的田園情調）。啊，少女的童貞，新鮮的土壤！

有些時刻我被這種念頭盤據：去找她，把一切都對她說明，求她不要來看我。但是這個念頭如此激惱我，以致我想那個時候如果這個「該死的」麗莎敢於親近我，我一定會把她揉碎，我會污辱她，唾口水在她臉上，把她攆出去，用拳頭打她！

然而，一天又一天過去，麗莎並沒有來，我開始稍微鎮靜。每天九點鐘以後我特別感到勇敢，輕鬆，有時甚至甜美地夢起來，譬如說，僅僅由於她來看我，我跟她談話，我就變成了她的拯救……我教育她，使她的心靈提升。最後，我注意到她在愛我，強烈地愛我。我裝作不知道（然而，我不知道為什麼要裝作，或許僅是為了加強效果）。終於一切混亂都開朗了，變形了；她顫抖地哭泣著，撲在我的腳下，告訴我，我是她的拯救者，她愛我甚於世界的一切。我驚住了，但是……「麗莎，」我說，「難道妳以為我沒有注意到妳的愛嗎？我注意到了，我早已察覺出來，但是我不敢第一個接近妳，因為我對妳有影響力，我怕妳會強迫自己，會因感激而回報我的愛，我怕會在妳心中挑起一種妳原來沒有的情感，而這個是我所不希望發生的……因為那是一種暴力……那是一種卑鄙的行為（總之，在這一個立場我神遊歐洲，無可解釋地採用了喬治桑①的高貴意見），但是現在，現在妳是我的人，妳是我的造物，妳是純潔的，善良的，妳是我高貴的妻子。『勇敢自在來我居室，名正言順做我妻子。』從此以後我們就共同生活，到國外旅行等等，等等。」事實上，我越想越覺得自己的念頭俗不可耐，結果不得不把它打斷。

況且，他們根本不會讓她出來，「賤貨！」我想。他們不會讓她隨便出來，特別是晚上（為了某種原因，我覺得她會晚上來，而且正正在七點鐘）。不過她又說過她在那裡並不全然是個奴隸，她還有某些權利，那麼，該死的，她一定會來了，她一定會來。

從事實上來說，阿坡龍用他的無禮來干擾我的注意力，在那段時期對我是有益的。他逼得我失去了一切耐性！他是我生命中的毒藥，高特加在我身上的咒詛。他跟我勾心鬥角已經持續了好幾年，我恨他。我的高特啊！我是何等恨他！我相信我這一生，從來沒有對任何人如此厭恨過，特別在某些時候更是如此。他是一個倚老賣老，道貌岸然的傢伙，每天都花一部分時間像裁縫一樣縫補他的農服。然而，不知為了什麼原因，他超乎一切限度地輕視我，用一種不堪忍受的眼光看我。事實上，當然，他輕視所有的人。只要看看他那淡黃色的，用葵花子油梳得光光

①法國女小說家George Sand（1804-1876），出名的女權運動。

亮亮，垂在前額的那一撮頭髮，看看他那閉成V形的，道貌岸然的嘴巴，就可以立即感到站在你面前的是個永不懷疑自己的傢伙。他是一個腐儒，我所見到過的世界上最大的腐儒，他賣弄學問的虛榮心只有馬其頓王亞歷山大才可與之比擬。他愛他衣服上的每只扣子，愛他手指上的每片指甲——你看他端詳它們的樣子！他簡直是完全陷入對它們的戀愛之中！他對我的態度是一個十足的暴君，他極少對我說話，而如果他偶然看我，他眼睛中透露著堅定的，威嚴的自信，一成不變的諷刺，有些時候把我逼到發瘋的程度。他做家事的態度就如同他在對我賜予最大的恩惠。他幾乎從不為我做任何事情，而且，事實上，他認為他沒有義務為我做任何事情。無可置疑的，他把我認為是世界上最大的呆子，而他之「沒有把我趕走」純粹是因為每個月他可以從我這裡得到薪俸。每個月七個盧布，他認為不值得為我做任何事情。我從他身上所受的痛苦，確實可以使我的許多罪惡獲得寬恕。我對他的厭恨到達如此的程度，以致有時僅是他的腳步聲就足以使我痙攣。特別使我厭恨的還是他的大舌頭。他的舌頭必然是過長過厚，或諸如此類的情況，因為他永遠是頂著牙齒講話，然而，他卻非常驕傲於此，以為這大大地增加了他的尊嚴。他用一種慢條斯理的，有分有寸的腔調說話，手背在後面，眼睛看著鞋尖。當他在他的隔間裡大聲朗讀詩篇的時候使我發狂。為了這種朗讀我跟他發動過多少爭吵，然而他照舊維持下去。他特別愛在傍晚時分，緩慢地，平板地，用一種唱歌的調子朗讀，好像是超度死人！結果倒很有趣：他出租自己給死人朗誦詩篇——同時又殺耗子熬黑鞋油。然而，那段時期我無法把他趕走，就似乎他已與我的存在用化學的方式結合起來。更且，叫他答應離開我根本是不可能的。我不能住到有供應設施的公寓裡去，因為我這個房子是我自己的天地，我的殼，我的洞窟，可以使我與整個的世界，整個的人類隔絕，而阿坡龍似乎是我這個房子中不可缺少的一部分。整整七年我無法把他攆走。

隨便舉個例子說，晚兩三天給他薪餉是不可能的。他會把一切搞成一場糊塗，以致我想把頭藏起來都找不到地方。但是在那幾天我對每個人都厭恨到了極端，於是我決定為了某種原因懲罰阿坡龍，我要把他的薪餉扣壓兩個禮拜。已經有整整兩年時間我想這樣做，以便教訓他，少跟我擺架子，我要他了解，如果我樂意，我可以扣壓他的薪餉。我故意不對他提起薪餉，故意保持沉默，來打擊他的驕傲，逼他第一個開口。然後我打開抽屜把七個盧布拿出來，告訴他，我老早就有這七個盧布，但是我不願意，不願意，什麼都不為，只是因為我不願意給他，「我高興這樣做」，因為「我是主人，決定在我」。因為他對我不恭敬，粗魯無禮。但是如果他恭恭敬敬向我要求，我就會心軟下來，把錢給他，不然，他就再等兩個星期，三個星期，再等整整的一個月……。

但是無論我怎樣憤怒，他都有辦法制服我。我堅持不了四天。他開始採取以前發生這種情況時採取的手段——因為這種情況老早已經發生過好幾次（而且他要採取什麼邋遢手段，我事先早已清清楚楚）。他會把眼睛用極端冷酷的目光盯在我身上，幾分鐘不動。這特別會在我要從家裡出去的時候發生。如果我不理他，裝作沒有看到這種目光，他就對我採取更進一步的折磨。無緣無故地，突如其來地，當我在屋子裡走來走去，或讀書的時候，他會不聲不響像一隻貓一樣走到我屋子裡來，站在門口，一隻手背在後面，一隻腳交叉在另一隻腳前面，用一種更為冷酷的，完全輕視的，不屑的眼睛盯住我。如果我猛然問他要做什麼，他絕不做任何回答，他繼續頑固地看我幾秒鐘，然後，把嘴唇壓成深深的V形，帶著自尊自大的樣子，慢條斯理地轉身，慢條斯理地走回他自己的屋子。兩個鐘頭之後他會再來，用同樣的方式站在我面前。有一次我極其惱怒，什麼都不問他，只銳利地，驕橫地抬起我的眼睛跟他互相盯著。我們這樣對望了兩分鐘；最後他慢條斯理地，尊嚴地走開，兩個鐘頭之後再來。

如果我仍舊不為所動，仍舊堅持我的叛逆，他會採取另一個手段：看到我的時候突然大聲嘆息，這種拖得長長的，很深的嘆息，就好像是用來衡量我墮落的程度一樣。當然，最後他完全勝利，我憤怒，大聲咆哮，但仍舊被逼著把他所要的東西給他。

這一次目視演習開始不久，我就失去了耐性，對他爆發起來。即使沒有他，我原已經被激惱得不堪忍受。

「站住，」我大叫，聲音幾乎瘋狂，那時他正慢條斯理，不聲不響轉身，把一隻手搭在背後，準備回到他的屋子裡去。「站住！回來，回來，我叫你回來，聽到沒有！」我的聲音大概是超乎尋常地刺耳，以致他竟然把身子轉過來，甚至有點怪異地看著我。然而，他仍舊一句話不說，這使我火冒三丈。

「我沒有叫你，你怎麼敢跑過來盯著我？你說！」

他安安靜靜地看了我半分鐘，然後又轉過身去。。

「站住！」我咆哮，衝到他前面，「不准動！就站在那裡，現在就回答我：你為什麼跑過來盯我？」

「如果你有什麼事情要我做，我有義務去做。」經過了一刻沉默之後，他慢條斯理地，帶著有分寸的大舌頭這樣說，抬動著眼眉，把頭安靜地兩邊晃動，這一切都出以氣死人的鎮定態度。

「這根本不是我問你的意思，你這個劊子手，」我吼叫，臉變成赭紅。「我可以替你說出來你為什麼跑來看我：我不肯給你薪餉，你自覺高傲，不肯向我鞠躬懇求，你要用你蠢豬樣的眼睛來懲罰我，來折磨我，但是你不想一想，你那雙眼睛是何等愚蠢，愚蠢，愚蠢，愚蠢，愚蠢！」

他又要一句話不說轉身回去，但我抓住他。

「聽著，」我對他大叫。「錢就在這裡，你看到了嗎？這裡就是錢，」（我把它從抽屜裡拿出來）「整整的七個盧布，但是你拿不到它，你一拿一不一到一它，除非你恭恭敬敬低著頭來請我原諒。你聽到沒有？」

「絕不可能。」他說，以一種絕對自信的口吻。

「絕對要如此，」我說，「我用名譽保證，絕對要如此！」

「我沒有什麼地方求你原諒的，」他繼續說，就像是根本沒有注意到我的吼叫。「而且，你為什麼叫我『劊子手』？為了這句話，任何時候我都可以控告你污辱罪，把你送到警察局去。」

「去，現在就去，」我咆哮，「你現在就去控告，這一分鐘，這一秒鐘，你去！你這個劊子手，我照樣叫你劊子手！」

然而他只是盯住我，然後轉身，不理會我的吼叫，用一種平板的步法，頭也不回，走到他的屋子裡去。

「如果不是為了麗莎，根本就不會發生這一切事情。」我心裡下定結論。然後，站了一分鐘，我自己走到他的屏風後面，臉上帶著尊重莊嚴的氣氛，然而我的心低沉地猛烈跳動。

「阿坡龍，」我安靜地，用強調的語氣說，但實際上已經呼吸困難，「一分鐘都不要拖延，現在就去叫警察來。」

那時他已坐在桌子旁邊，戴上眼鏡，準備縫補衣服。聽到我的話他突然格格笑起來。

「現在就去，馬上去，不然你將想像不到會發生什麼後果。」

「你一定是神經失常，」他說，把線穿到針裡，頭不抬起來，像往常一樣慢條斯理地用大舌頭講話。「誰聽過自己叫人去找警察來的？至於你的膽怯，你是無事自擾，根本不會發生這種事情。」

「去！」我尖叫，抓住他的肩膀。我感到立刻會向他打過去。

但是我沒有注意到這時走道的門慢慢輕輕地開了，一個人走進來，半途站住，困惑地對我們發呆。我的眼睛一瞥，幾乎羞暈過去，立刻衝回我的房子中。雙手抓住頭髮，把頭仰在牆壁上，站在那裡僵直不動。

兩分鐘以後，我聽到阿坡龍慢條斯理的腳步聲。「有一個什麼女人要看你，」他說著，用一種特殊冷酷的眼光看我。然後他站到一邊，讓麗莎進來。他不走開，卻諷刺地觀察我們。

「走開，走開。」我絕望地說。這時我的鬧鐘絲絲作響，敲打七下。

9

勇敢自在來我居室，

名正言順做我妻子。

我站在她面前，垂頭喪氣，畏縮，紛亂。我相信當我用盡全力，把自己圍裹在又爛又舊的睡袍裡對她尷尬地微笑時，與不久之前，在一次情緒敗壞中所想像的情況完全相同。阿坡龍在我們身旁站了兩分鐘走開了，但這並沒有使我輕鬆。最糟糕的是麗莎也變得紛亂不知所措，比我預料的情況還要嚴重。當然，她是因為看到我才這個樣子。

「坐下來。」我像機器一樣說，從桌子旁邊挪給她一張椅子，我自己坐在沙發上，她很順從地立刻坐下來，眼睛睜得大大的看我，顯然是希望我立刻開口說一些話。這個淳樸的希望使我憤怒，但我按捺下去。

她不得不裝作什麼都沒注意到，就似乎一切都像平常一樣，而實際上，她……我隱約感覺到，我要叫她為這一切付出可觀的代價。

「妳來的不是時候，麗莎，」我口吃地開始說，已經覺得第一句話就說錯了。「不是，不是，不要猜錯了，」我聲音提高，因為她的臉突然紅起來。「我並不覺得我的貧窮是羞恥……相反地，我因為貧窮自傲。我窮，但是我很正直……一個人窮也能夠正直，」我低聲說。「但是……

喝茶嗎？」

「不用。」她說。

「等一下。」

我跳起來跑去找阿坡龍。無論如何我必須離開屋子一下。

「阿坡龍，」我發著燒小聲說，把一直握在掌中的那七個盧布丟給他，「這是你的薪餉，你看我已經把它給了你；但是你一定要幫幫我的忙；到店鋪裡去買一些茶點和餅乾來。如果你不去，你就會把我弄成可憐的人！你不知道這個女人是誰……她是……一切！你可能會猜想到什麼……但是你不知道這個女人是誰！」……

阿坡龍已經坐在那裡，戴上了眼鏡，準備縫紉工作。他先斜睨那七個盧布。既不說話，也不放下針線；然後又開始縫他的衣服，對我不予任何留意，也不肯說一句話。我像拿破崙一樣交疊雙臂，在他面前站了三分鐘。我的太陽穴涔涔冒汗。我臉色蒼白下來，我感覺得到。但是，謝謝，高特，他終於被感動了，抬頭看我。他把線穿進針裡，慢條斯理地從椅子上站來，慢條斯理地把椅子挪到後邊，慢條斯理地取下眼鏡，慢條斯理地數清楚盧布，最後他扭過頭來問我：「我也可以得一分茶點嗎？」慢條斯理地走了出去。當我反身向麗莎走去的時候，這個念頭從我心裡閃過：我要不要就穿著這個睡袍溜掉？不管這裡的事情演變成什麼樣子。

我坐下來，她不安地看著我。幾分鐘的時間我們互相沉默著。

「我要殺掉他！」我突然大叫，用拳頭砸在桌子上，以致墨水罐裡的墨水潑得滿桌都是。

「你說什麼！」她叫出來，大為吃驚。

「我要殺掉他！殺掉他！」我尖叫，突然瘋狂地敲打桌子，同時又意識到這樣發瘋是何等愚蠢。「妳不知道，麗莎，他是何等折磨我。他是我的劊子手……現在他去買一些茶點來，他……」

我突然眼淚迸流。這是歇斯底里發作。在我啼哭的時候，我感到何等羞恥，但是我無法控制自己。

她被嚇住了。

「怎麼回事？什麼事情不對嗎？」她叫喊著，不知該對我怎麼辦。

「水，給我點水，在那邊！」我含混地說，我明明知道不用喝水照樣可以恢復，我明明知道用不著這樣含混地講話。但是，就如一般人所說，我是裝成這個樣子，以便挽救顏面，雖然這個發作確確實實是真的。

她把水給我，困惑不解地看著我。這時阿坡龍把茶拿進來。我突然覺得這種普普通通的，枯燥無味的茶點，可怕地卑賤，可怕地貶低我的身分，我的臉變得紫紅。麗莎吃驚地看著阿坡龍。他對我們兩個看都不看一眼就走了出去。

「麗莎，妳會看不起我嗎？」我眼睛盯在她臉上問她，因為急切想知道她對我的看法而發抖。

「喝茶吧！」我憤怒地說。其實我是對自己憤怒。然而，背負責任的當然應該是她。可怕的惡意突然在我心中激起，我相信我會把她殺掉。為了向她復仇，我決計一句話不對她說。「她是這一切的緣由。」我想。

我們的沉默持續了五分鐘。茶放在桌子上沒有動。我故意不先開口以便使她更為困窘；她單獨開口是很難堪的。好幾次她困惑地看著我。我頑固地保持緘默。當然，受苦最嚴重的還是我，因為我充分地意識到我愚蠢得惡意的卑劣，然而，我無法控制自己。

「我想……我還是離開得好，」她開口，打破了沉默，但是，可憐的女孩子啊！在這樣一個愚蠢的時刻，對我這樣一個愚蠢的人講這種話，根本是錯誤的啊！我的心因她淳樸與不必要的直爽而痛惜。但是某種可惡的東西僵化了我的同情心，甚至喚起了我更深的惡意。我不管會發生什麼結果。另一個五分鐘過去。

「或許我打擾了你，」她羞怯地，幾乎難以聽見地說，站了起來。

但是當我看到這受傷的自尊心初次流露的時候，我的惡意使我戰慄起來，立刻向外迸發。

「為什麼妳要來找我？妳告訴我，」我開始，喘得透不過氣來，也顧不得是否語無倫次。我渴望一起把它湧出來，立時一同迸發出來；我甚至連如何開始都不曾想過。

「妳為什麼來？妳說，妳說，」我叫著，根本不知道自己在做什麼。「我可以告訴妳，我可愛的女孩子，我告訴妳，妳為什麼來。妳來是因為我跟妳說過一些多愁善感的無聊話。因此妳現在像奶油一樣黏膩地跑來，想再聽一些多愁善感。然而我現在卻正在嘲笑妳。妳發什麼抖？是的。我在嘲笑妳！那天晚上吃飯的時候，我受了別人的污辱，他們在我之先跑到妳們那邊，我跟去，想打一個傢伙的臉，一個軍官；然而我沒有成功，我找不到他們；結果妳出來，代替了他們的地位，我把一肚子悶氣發洩在妳身上，我嘲弄妳。我被污辱了，因此要污辱別人；我被人家當作爛布一樣蹂躪，因此我要顯顯自己的能力。……事實是如此，但是妳卻以為我有意去找妳，去救妳，對嗎？妳是不是這樣想？是不是這樣想？」

我知道她可能被我弄得糊里糊塗，不知我確實在說什麼，但是，我也知道，她可以看出我的本意，而且看得清清楚楚。確實，她確實看得很清楚，她的臉變得像手帕一樣蒼白，想說什麼，但是嘴唇痛苦地抖動；她癱瘓在椅子上，好像被斧頭砍下來一樣。從這時開始，整個的時間，她的嘴都半開著，眼睛睜得很大，看著我，因可怕的痛苦而顫抖。我苛烈的譏刺，我話中的苛烈譏刺使她致命……

「救妳！」我繼續說，從椅子上跳起來，在她面前跑來跑去。「救妳做什麼？我自己可能比妳更壞。當我跟妳佈道的時候，妳為什麼不把它塞回我的嘴裡？妳為什麼不說：『你到這裡來幹什麼？難道是給我們朗誦佈道詞嗎？』我所要的是什麼？我要顯示我的力量，我要力量，我要比賽，我要叫妳流淚，叫妳神經發作——這就是我要的！當然，那個時候我不能無動於衷，因為我是一個不幸的生物，我的心顫懼著，但是鬼知道我為什麼要糊里糊塗地把地址塞給妳！然後，當我回家的時候，我就開始咒詛妳，因為我給了妳地址，我已經開始恨妳，因為我對妳說了那麼多謊言。我只是想跟妳玩弄句子，只是跟妳說夢話，但是，妳知不知道，我真正的需要是妳們這些人統統給我滾到地獄裡去？我就是這樣。我要安靜；是的，為了一毛錢我可以把全世界出賣，直截了當地出賣，只要我能夠獲得安靜。世界是可以丟到鍋裡去，或者我可以沒有茶吃？我說為了自己，全世界都可以丟在鍋裡，只要我有茶吃。妳能不能了解？能不能？好，不管妳能不能了解，我知道我自己是個無賴，是個混蛋，是個懶蟲，自私鬼。在這個房子裡，我因為想到妳要來已經發抖了三天。但是妳知不知道，是什麼東西使我這樣困惱！上次在妳面前我像是一個英雄，但是現在呢？妳看到我穿著這樣的睡袍，可厭，像乞丐一樣。剛才我告訴妳，我不羞恥於我的貧窮，由這一句話，妳就可以知道我因它感到何等羞恥；我恥於貧窮甚於一切，我怕它甚於怕被人家發現我是小偷，因為我的虛榮心使我感到像被活剝了皮，只要輕輕的風吹就使我感到嚴重的傷痛。當然，現在妳一定清楚，由於妳看到了我穿這一身破爛的睡袍，由於看到我剛才像歹毒的野狗一樣臭罵阿坡龍，我絕對不會原諒妳。原來的英雄，原來的拯救者，現在變成了邋遢的，癩瘡的野狗，向他的僕人狂吠，而他的僕人回嘴嘲笑他！而且，我永不原諒妳看到我在妳面前灑的眼淚，像個愚蠢的女人一樣不知羞恥！但是為什麼我要向妳坦白這一切？為了妳聽到我的坦白，我同樣永不原諒妳！是的——妳必須背負這一切責任，因為妳來的不是時候，因為我是混蛋，因為我是世界上最髒，最蠢的，最莫名其妙的，最多疑最嫉妒的蟲豸——，這些東西沒有一點比我好，但鬼知道它們為什麼永不心亂，而我卻總是可以被每一隻跳蚤污辱，這是我的災殃！而且，我管妳懂不懂！妳愛怎麼樣就怎麼樣！妳到不到地獄裡去根本與我不相干！妳懂嗎？我將永遠恨妳坐在這裡聽我說話。難道妳不懂一個男人像這樣發作一輩子難得一次嗎？而且是歇斯底里的！——妳還能有什麼要求？為什麼妳還站在我面前不動？妳為什麼麻煩我？為什麼妳還不走開？」

然而這時候發生了奇怪的事情。我一向都習慣於用書上得來的東西想像世界，想像任何事物，並用我腦子裡預先的夢想來向自己描繪世界的一切事物。因此對這一個奇怪的處境完全不知所措。事情是這樣的：被我污辱打擊的麗莎所懂得的遠遠超乎我的想像。從她看到、聽到的這一切，她立即以女人的心靈——設如這個女人藏著愛情——

了解到我的真實情況：我自己是一個不幸的人。

她臉上驚懼的、受傷害的表情最初隨著憂苦困惑的眼神出現。當我開始稱自己為無賴、混蛋，而且眼淚迸流的時候（我長篇激烈的言詞一直伴隨著眼淚），使她的臉激烈地顫動。她想站起來，阻止我；當我說完了，她根本不注意我的叫嚣：「為什麼妳還在這裡？為什麼妳不走開？」而只是認清楚我說這些話必然極其辛澀。更且，她已經被我壓碎了。可憐的女孩子！她認為自己無限地比我低下，她怎麼會感到憤怒呢？她突然以一種不可抑止的衝動從椅子上跳起來，向我伸開手臂，充滿愛憐——雖然仍舊羞怯而不敢移動……而這時我的心劇烈地攪動。突然地衝向我，用手臂抱住我，大哭起來。我，不能抑制自己，也從未有過地顫動哭泣起來。

「他們不讓我……我沒辦法變好！」我試圖為自己辯護，然後我走到沙發，面朝下埋在上面，痛痛快快地哭泣了一刻鐘，完全陷入歇斯底里。她走近我，用手臂圍住我，安靜地不動。但問題是歇斯底里無法永遠發作下去，當我（我在寫下可惡的事實）面朝下躺在沙發上，把我的臉埋在髒臭的椅墊上時，我開始逐漸感到一種過分的、不自願但又不可抑止的感覺，就是如果現在我把臉抬起來，直接看著麗莎，我何等難堪！我為什麼羞恥？我不知道，但我感到羞恥。同時，這個念頭也來到我過度疲憊的腦子中，就是：現在我們的地位完全變了，她變成了英雄，而我變成了四天以前像她一樣，被壓碎的、被屈辱的動物……而這一切都是我臉朝下埋在沙發裡想到的。

我的天啊！那時她究竟有什麼可以使我嫉妒的呢？

我不知道，即使到現在我仍舊不能確定，當然在那個時候我更是不能了解。我所感到的只是要有一個人受我統治，我要絕對統治一個人……，這不是推理可以解釋的，因此用不著推理。

我終於征服自己，抬起頭來。早晚我總得這樣做。……而直到今天我還相信，就是因為我自覺羞恥不敢看她，才有另外一個感情突然在我心中燃燒起來……一種統御的，占有的情感。我的眼睛發著激動的光芒，並且緊緊地握住她的手。那一時刻，我是何等恨她又何等被她吸引！一種情感加強了另一種情感。這幾乎是一種復仇行為。起初她是驚懼地看著我，甚至臉上有恐怖的表情，然而只是一瞬。接著她就溫柔地，狂熱地擁抱我。

10

一刻鐘之後我在屋子裡狂躁地衝來衝去，從屏風的縫隙中看麗莎。她坐在地上，頭仰在床邊，她必然已經痛哭過。然而，還沒有走開，這使我惱怒。這一次她必然一切都清楚了。我終於污辱了她，但是……這用不著再說。他了解到我熱情的迸發只不過是一種復仇，是一種新的屈辱，在我原先的，無緣無故的恨惡之外，另加了人身的恨惡，是出於嫉妒……雖然我並不以為她對這兩種恨惡能夠判明地加以了解，但她必然已充分了解到我是一個卑鄙的人，而且最糟的是我不配愛她。

我知道有人會說這簡直不可置信。──是不可置信，正如我那時的惡意與愚蠢一樣。有人還會說，我不能愛她，或者無論怎麼說，我不能領受她的愛，乃是奇怪的。為什麼奇怪？最重要的是我那時候不配愛情。因為我一再說過，愛情對我的意義乃是專橫統治，是顯示精神的優越力。在我的生命中，我從來對愛情持過其他看法，而且到了現在，我已經日漸真正地認為：愛情包含於對她的專橫統治之權──當然，這種權利是由被愛者自願奉獻的。

即使在我地下室的迷夢中，我也不能想像愛情還有其他面貌──除了它是一種鬥爭之外。我總是把愛情開始於恨而結束於降服，然後我又永不知道如何來對待被我降服的對象。而這又有什麼奇怪呢？因為我已經如此地敗壞了自己，我已經如此地與「真實生活」脫節，以致真正想到要譴責她，要羞辱她，因為她來找我是為了聽「甜言蜜語」；然而我連猜都不曾猜到，她來根本不是為聽甜言蜜語，而是來愛我，因為對一個女人說來，一切改變，一切拯救，一切心靈的更新都含藏在愛情之中，而且只有用這個方式表現出來。

然而，事實上當我在屋裡跑來跑去，從縫隙中看麗莎的時候，我並不這樣恨她。我只是因為她在這裡而被壓迫得不能忍受。我要她離開。我要「安靜」，讓我自己留在我自己的地下世界之中。真正的生活用它新鮮的生命力壓迫我，使我透不過氣來。

幾分鐘過去了，她仍舊留在原地，沒有任何動靜，好像失去了知覺。我竟然無恥地輕敲屏風，似乎是在提醒她……她驚蟄地跳起來，忙亂地尋找她的手帕、帽子、外套，似乎要從我逃開……兩分鐘以後她從屏風後面過來，沉重地看著我。我做了一個惡意的獰笑，然而，是裝作出來的，是為了保持面子，然後我轉開她的注視。「再見。」她說，走向門口。

我跳到她身邊，抓住她的手，打開它，塞了一些東西在裡面，再把它合起來。然後我衝到房間的另一個角落，避免看她，不論發生什麼……

我一點不想說謊——說我是偶然地，由於自己的愚蠢，由於失去了腦筋才做出來的。不，我不要說謊，我毫無隱藏地說出來：我打開她的手，把錢塞在裡面……出於惡意。這個念頭是當我在屋子裡跑來跑去，從屏風的縫隙窺看她的時候想到的。但是我可以確定地說：我雖是故意做這件殘酷的事，卻不是出於內心的衝動，而是來自邪惡的頭腦。這個殘酷事情是如此裝作的，如此故意製造出來，如此完全地出自頭腦，出自書本，以致我急著立刻把它實行出來，一分鐘都不能等待——我把錢塞在麗莎手上，立即衝到一邊避免看她，然後又羞恥地，絕望地追在麗莎背後。我打開甬道的門，開始傾聽。

「麗莎！麗莎！」我在樓梯上畏懼地叫喊，聲音低沉。

然而沒有回答。我以為聽到她的腳步聲，慢慢走下樓梯。

「麗莎！」我提高聲音叫她。

沒有回答。然而這時我聽到外面的玻璃門沉重地吱呀打開，又猛烈關起，聲音在樓梯走道上回應。

她走了。我躊躇地回到房間。我感到可怕的壓抑。

我站在桌子面前不動，旁邊是麗莎坐過的，在我面前茫然發呆的椅子。一分鐘過去，猛然我驚住了，正在我面前桌子上，我看到……總之，我看到一張揉縐的五盧布藍色鈔票，一分鐘之前塞在她手上的那張。就是那一張，因為這個屋子裡沒有其他鈔票。那麼，她是在我衝向屋子的另一角落時，把它丟在桌子上的。

好吧！我早就應該料到她會如此！我應該料到？不可能，因為我是這樣一個自我中心的東西，我對我的同類如此缺乏敬意，以致我根本不可能想像到她會做出這種事。我不能忍受。一分鐘之後，我像瘋子一樣穿衣服，抓到什麼就穿什麼，然後衝出去追趕她。當我跑到街上的時候，她至多不過走出去兩百步。

那是一個寂靜的夜，雪大堆大堆落下來，幾乎是垂直下降，把行人道和空曠的馬路鋪了一層厚厚的被子。街上沒有一個人，沒有一絲聲音。街燈發散著令人不適的光芒以及空虛的閃爍。我跑了兩百步到達十字路口，猛然站住。

她到哪裡去了？

我為什麼追趕她？為什麼？當然是要在她面前撲倒，懺痛地哭泣，親吻她的腳，懇求她的原諒！我何等渴望，我整個的胸腔已被撕得粉碎，而且，我永不能，永不能回想到這一刻而心中淡然。但是──這樣做是為了什麼？我想。難道我不會再開始恨她？可能到了明天我又恨她，因為今天我吻她的腳。我能給她幸福嗎？難道我還不曾千百次認清自己的價值嗎？難道我不會折磨她？

我站在雪地中，凝視著夜裡不安的黑暗，這樣發呆。

「這樣是不是更好？」當我回到家中空幻地冥想，想把內心淋漓的痛苦用空幻的夢想來窒息。「從此以後她永遠保持被污辱的怨恨不是更好嗎？怨恨──當然，它是一種淨化，是一種最刻毒最痛苦的意識！明天我可能會染髒她的靈魂，磨盡了她的心靈；而現在呢，她心中被污辱的感覺卻可以永遠不死，不管何等污穢可厭的東西在等待她——受辱的感覺會把她淨化……由於恨……是的……可能也由於寬恕……這一切不是會使她的生命好過一些嗎？……」

確實，我現在只從自己的立場問你一個問題，一個無聊的問題：廉價的幸福與昂貴的痛苦哪一種比較好？

這個晚上我就坐在屋中這般夢想，靈魂中的痛苦幾乎使我致死。我從未忍受過如此的痛苦，如此的懺痛；然而，當我從屋子裡跑出去的時候，不是就已注定我要半途折回嗎？此後我永遠再沒有看到麗莎，也沒有聽到過任何關於她的消息。此處我要加上一句，就是從那以後有一段很久的時間，我沉醉於對怨恨的益處所下的判斷——雖然事實上痛苦幾乎使我病倒。

現在，在經過了許多年以後，這一切變成了邪惡的回憶，事實上，我有許多邪惡的回憶，然而……我的「手記」是否應在此結束？我開始寫它的時候就覺得它是一種錯誤。在我把這個故事寫下來的整個時間裡，我一直感到恥辱；在此說它是文學不如說它是讓我懺痛的懲罰。因為，講長長的故事來說明我在角落中心靈的腐爛，對於環境的缺乏適應，與真實生活的脫節，在我的地下世界中蟠伏的惡意，以及由於這一切我如何毀壞了我的生命——這樣的故事自然不是有趣的。一篇小說需要有一個英雄做主人翁，但此處一個反英雄的種種面貌卻明顯地聚結在這裡，而且更糟糕的是它給人不快的印象，因為我們所有的人都或多或少與生活脫節，我們所有的人都或多或少是一個殘廢。由於我們同它是如此脫節，以致我們對於真實生活立即有一種厭惡感，而且任何人，任何時候，提起它都使我們不堪忍受。為什麼？因為我們幾乎把真實的生活看作是一種苦力，是一種艱鉅的苦力，私下裡我們總覺得書中的描繪比較好受得多。為什麼我們時常無事自殺？為什麼我們常常不滿，亂發脾氣，要求另一些東西？我們自己也不知道為什麼會如此。如果我們充滿抱怨的祈禱獲得了應允，我們會過得更為糟糕，不信可以試試看；舉個例子說，在我們之中隨便找一個人，給他更多的自由，把我們的手銬解開，擴充我們活動範圍，放寬限制，並且……是的，我可以向你保證……我們立即要乞求再度被置於限制之下。我知道你為了這句話極其可能要對我大發雷霆。你會說，你只講你自己吧，只講你地下洞中的不幸吧！不要說「我們所有的人」——原諒我，先生，我並不想用「我們所有的人」來證明我的立場。我特別關心的是我在我的生命中，敢於推至極端的東西，你卻連一半都不敢，而且更糟的是，你把你的懦弱加上很好的名目，在你的自欺之中找尋安慰。因此，歸結來說，我的生活可能比你的生活有更多的真實性。你要小小心心地觀察生活！為什麼？即使到現在我們還沒弄清楚生活是什麼意義，什麼是生活？我們所稱的生活是什麼東西？讓我們丟開一切書本，讓我們單獨生活，我們將立刻失落，陷於混亂之中。我們將不知道要去結合什麼，去攀附什麼，去愛什麼，恨什麼，尊敬什麼以及卑視什麼。我們做一個人感到壓抑，感到沉重不能負荷——做一個有血有肉的個人，我們感到因它羞恥，我們覺得它不光彩，因此千方百計地想去做一個根本不可能的平面化的，一般化的人。我們是死產嬰，是數個世代以前就被遺忘了的，我們不是活生生的父親生的——而這個卻越來越適合我們。我們已經對它發展出來一種胃口。不久以後我們將會設法讓自己從某種理念誕生出來。但是夠了，我不要再從「地下室」寫任何東西。

（然而，這個謬論者的手記並不到此結束。他無法控制自己不再寫下去，但對我們而言，似乎可以就此停住。）

杜斯妥也夫斯基年表

1821年　11月11日，費奧多・米開洛維奇・杜斯妥也夫斯基生於莫斯科貧民醫院；他的父親為該院駐院醫師。

1837年　喪母；母名瑪利亞。費奧多若芙娜，本姓涅察葉芙。

1838年　進彼德堡兵工學校。

1839年　父親在自家產地達若渥野（Darovoe）遭農民殺害。

1843年　以中尉資格離開兵工學校，加入國防部工程局。

1844年　辭陸軍職。發表所譯巴爾扎克之*Eugenie Grgenie*於期刊*Repertuari Panteon*。

1845年　完成第一部小說〈窮人〉（Poor People）；貝林斯基譽為偉大的作家。

1846年　1月，〈窮人〉發表於《彼德堡雜誌》（*Peterburg Miscellony*）。第二部小說〈雙重人格〉（The Double）於兩週後發表於《祖國紀事》（*Note from the Fatherland*）。

1847年　〈女房東〉（The Landlady）發表於《祖國紀事》。

1848年　〈懦夫〉（The Faint Heart）、〈誠實的竊賊〉

(An Honest Thief)、〈白色夜晚〉(White Nights) 發表於《祖國紀事》。

1849年　5月4日，因參預佩脫拉契夫斯基(Petrachevski)陰謀而被捕。未完成之小說 *Netochka Nezvanova* 載於《祖國紀事》。

1850年　1月2日，送往刑場，獲赦。

1月4日，上手銬腳鐐，乘雪橇押赴西伯利亞。

2月3日，抵達鄂木斯克勞工營。

1854年　2月，出獄，被送往斜米（近蒙古邊區）充當普通兵士。

1856年　晉升少尉。

1857年　〈小英雄〉(The Little Hero)，1849年完稿於獄中，此時匿名發表於《祖國紀事》。

2月13日，與寡婦瑪利亞・德米特瑞芙娜・依賽耶娃（原姓康斯坦）結婚於庫斯尼斯克。赦還貴族身分。

1859年　獲准辭陸軍職，返回蘇俄。8月抵德佛。12月27日重返彼德堡。

〈叔叔的夢〉(Uncle's Dream) 發表於《俄羅斯文字》(*The Russian Word*)。〈世交〉(The Friend of the Family) 發表於《祖國紀事》。

1860年　《死屋手記》(*The House of the Dead*) 的序言及第一章發表於《俄國世界》(*The Russian*

World)。杜斯妥也夫斯基選集兩冊出版。

1861年　他哥哥麥可的月刊《時代》(*Time*)開始發行。《被侮辱與被損害者》(*The Insulted and the Injured*)分三期發表於該刊。同年出版單行本《死屋手記》。全本重載於《時代》。

1862年　6月至8月，首次出國旅行，前往巴黎、倫敦，以及日內瓦。〈不愉快的困境〉(An Unpleasant Predieament)發表於《時代》。

1863年　〈夏日印象冬日記〉(Winter Notes on Summer lmpressions)發表於《時代》。《時代》於5月被查禁。8月至10月，再度出國旅行。前往巴黎，然後偕蘇絲洛娃(Appolinaria Suslova)赴義大利，乘船自拿不勒斯往李佛諾。於洪堡賭後回國。

1864年　接任《紀元》(*The Epoch*)主編。《地下室手記》(*Notes from the Underground*)發表於該刊。4月26日，其妻喪於莫斯科。7月21日，麥可逝世。

1865年　《紀元》停刊。7月至10月，三度出國。會見蘇絲洛娃於威斯巴登，經哥本哈根回國。新版作品集兩冊問世。

1866年　《罪與罰》(*Crime and Punishment*)連載發表於《俄羅斯前鋒報》(*The Russian Herald*)。

10月，向速記員安娜・斯尼肯納口述〈賭徒〉（The Gambler）。〈賭徒〉發表於作品集第三冊。

1867年　2月26日，與安娜・斯尼肯納結婚。《罪與罰》出版單行本。4月25日，新婚夫婦離俄，前往德雷斯登。7月21日，遇屠格涅夫於巴登貝敦。8月，抵日內瓦。

1868年　《白癡》（*The Idiot*）連載於《俄羅斯前鋒報》。3月5日，女兒蘇菲亞出生，死於6月4日。前往薇薇、米蘭，於11月抵翡冷翠。

1869年　經維也納、布拉格，前往德勒斯登。女兒勒波福出生於該地（10月7日）。

1870年　〈永恆的丈夫〉（The Eternal Husband）發表於「黎明」（*Dawn*）。

1871年　返回彼得堡（7月8日）。兒子費奧多出生於7月16日。《惡靈》（*The Possessed*）連載於《俄羅斯前鋒報》。

1872年　《惡靈》第三部分發表於《俄羅斯前鋒報》。

1873至74年　擔任　《公民》主編。

1873年　《惡靈》出版單行本。

1874年　《白癡》出版單行本。4月6日，因違反審查規定被捕。6月至8月，前往艾姆斯與日內瓦旅行。

1875年　《少年》（*A Raw Youth*）連載於《祖國紀事》。
5月至7月，前往柏林與艾姆斯旅行。8月10日，兒子阿力克西出生。

1876年　《少年》出版單行本。7月，再赴艾姆斯。開始編輯「作家日記」──共十一期，〈聖潔的靈魂〉（A Gentle Spirit）發表於第十一期。

1877年　續出「作家日記」九期，4月號中有〈怪人的夢〉（The Dream of a Ridiculous Man）

1879年　《卡拉馬助夫兄弟們》(*The Brothers Karamazov*)於《俄羅斯前鋒報》連載至第三部第九章。7月至9月，住在艾姆斯。

1880年　《卡拉馬助夫兄弟們》餘稿續刊於《俄羅斯前鋒報》。12月出版單行本。6月19日，在莫斯科舉行之普希金紀念會上發表演說。講辭載於莫斯科報紙，並於8月刊於「作家日記」。

1881年　2月8日，肺部出血兩天之後，逝於彼得堡。2月12日，葬於亞歷山大·奈夫斯基修道院。

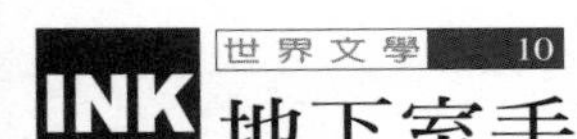

地下室手記 Notes from Underground

作　　者　杜斯妥也夫斯基 Fyodor Dostoyevsky
譯　　者　孟祥森
總 編 輯　初安民
責任編輯　陳健瑜
美術編輯　黃昶憲
校　　對　劉梓潔　李　文

發 行 人　張書銘
出　　版　INK印刻文學生活雜誌出版有限公司
新北市中和區中正路800號13樓之3
電　　話　02-22281626
傳　　眞　02-22281598
e-mail　ink.book@msa.hinet.net
網　　址　舒讀網http://www.sudu.cc

法律顧問　漢廷法律事務所
劉大正律師
總 經 銷　成陽出版股份有限公司
電　　話　03-3589000（代表號）
傳　　眞　03-3556521
郵政劃撥　19000691 成陽出版股份有限公司
印　　刷　海王印刷事業股份有限公司

港澳總經銷　泛華發行代理有限公司
地　　址　香港筲箕灣東旺道3號星島新聞集團大廈3樓
電　　話　852-27982220
傳　　眞　852-27965471
網　　址　www.gccd.com.hk

出版日期　2003年 1 月　初版
2013年 5 月　二版
2013年 6 月 10日　二版二刷

ISBN　978-986-5823-00-9

定　　價　160元
特　　價　120元

國家圖書館出版品預行編目資料

地下室手記／杜斯妥也夫斯基 著；
孟祥森 譯--二版－－新北市中和區：INK印刻文學，
2013.05 面；公分.--（世界文學；10）
譯自：*Notes from Underground*
ISBN 978-986-5823-00-9（平裝）
880.57 102005481